W0184490
昔勇者で今は骨
3
AL
Le squelette
Il a ressuscité et maintena
c'est un squelette
[Sur une idée de] Yousuke Saeki
[Dessin] Keyaki Uchiuchi
[Concepteur des personnages] Pailand
Présenté par KEYAKI UCHIUCHI & YOUSUKE SAEKI

SOMMAIRE

バーン
TADAM
SOMMAIRE
目次
C'EST LE SEUL ENDROIT OÙ J'APPARAIS DANS CE VOLUME !!

Forêt d'Ende,
sur le mont Nirai,
frontière du royaume d'Eien
!
PLOP
PLOP…
PLOP…
GRAC

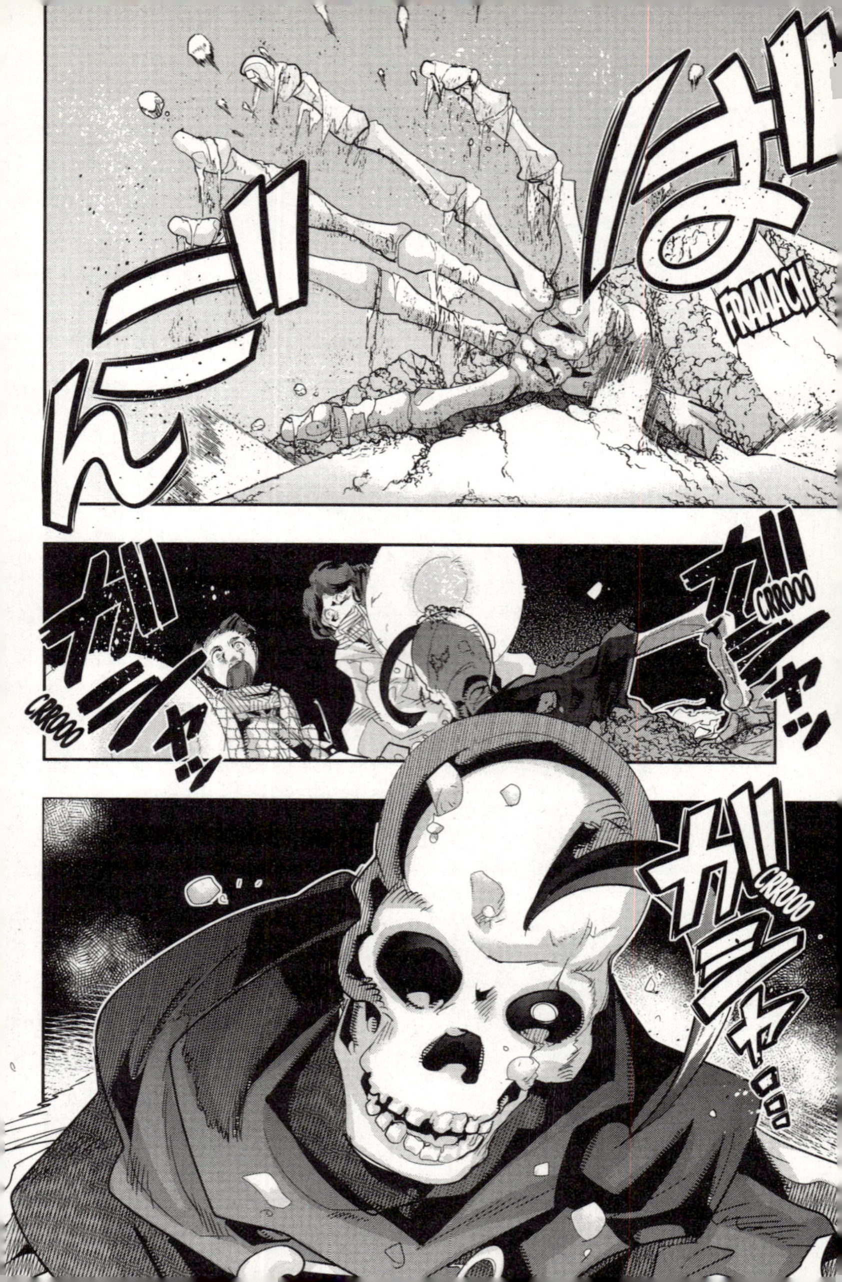
FRAAACH
CRROOO
CRROOO
CRROOO

BONSOIR...
EUH...
MES HOMMAGES...
TIRE
EST-CE QUE TOUT VA BIEN ?
MERCI...
PLOK
PLOK
OUI... J'ÉTAIS ÉPUISÉ... JE ME SUIS ENDORMI ET UNE ÂME CHARITABLE A DÛ M'ENTERRER.
MA QUESTION VA VOUS PARAÎTRE BIZARRE MAIS... VOUS N'AVEZ PAS PEUR DE TOMBER SUR UN SQUELETTE EN PLEINE NUIT ?
HIII~
NON...
TU N'AS PAS L'AIR AGRESSIF.
AH BON ?

JE SUIS GHANTI ET...
... VOICI MA FEMME, ELEUSE.
NOUS VENONS DU VILLAGE D'ENDE.
NOUS INSPECTONS LA FORÊT ET NOUS EN PROFITONS POUR RAMASSER DES PLANTES MÉDICINALES POUR NOTRE FILLE MALADE.
D'ACCORD... MAIS VOUS N'ÊTES PAS PLUS ÉTONNÉS QUE ÇA ? JE SUIS UN SQUELETTE, AU CAS OÙ VOUS NE L'AURIEZ PAS REMARQUÉ !
Inspection de la forêt
La forêt regorge de matières premières et les habitants des villages alentour sont tenus, par décret royal, de l'entretenir et de la préserver. On leur demande de savoir se battre car parfois, ils doivent chasser les bêtes sauvages ou les braconniers.
HOP
VOUS DEVEZ EN VOIR DES VERTES ET DES PAS MÛRES DANS LA RÉGION, NON ? J'AI CAPTÉ LA PRÉSENCE D'ENTITÉS DÉMONIAQUES.
EN EFFET... DEPUIS QUELQUE TEMPS, DES DÉMONS TRÈS PUISSANTS NOUS OPPRESSENT EN PLEINE JOURNÉE !
NOUS IGNORONS D'OÙ ILS VIENNENT ET NOUS NE SAVONS PAS QUOI FAIRE POUR NOUS EN DÉBARRASSER.
C'EST POUR ÇA QUE NOUS NOUS ACTIVONS SEULEMENT LA NUIT...

VOS DÉMONS...
... CE SONT DES ÉLANS GIGANTESQUES, COMME CELUI-LÀ ?
Fiche « ÉLAN GIGANTESQUE »
(Niveau d'animosité envers les humains... C. Originellement, il n'est pas agressif mais il faut éviter de le mettre en colère) C'est le plus imposant des cervidés. On l'appelle aussi Alces. Il puise la force de la terre grâce à ses bois aplatis en éventail. Les plus grands peuvent mesurer jusqu'à 3 mèts. Leurs bois sont extrêmement puissants mais leur pouvoir disparaît si l'individu meurt. Il est donc inutile de les récupérer pour en faire des armes.
L'ÉLAN GIGANTESQUE est proche de l'homme et ne constitue pas un danger immédiat pour lui, mais peut devenir une arme fatale s'il se met en colère. Sa force est aussi importante que sa taille et il n'est pas recommandé de s'attaquer à lui si l'on n'est pas bien préparé.
Le commentaire d'Al : « Les ÉLANS GIGANTESQUES sont particulièrement agressifs quand il s'agit de protéger leur territoire. Évitez donc de trop vous en approcher ! »
C'EST TOI QUI AS FAIT ÇA ?
AU NOM DE TOUT LE VILLAGE, MERCI ! TU ES DOUÉ !
JE NE ME SUIS PAS PRÉSENTÉ...
JE M'APPELLE AL ET JE SUIS UN PALADIN EN QUÊTE DE MISSIONS.
VOUS POURRIEZ M'EMMENER À VOTRE VILLAGE ?

ぱーぱーら
LAALAA
LAALAALAA
Le village d'Ende
Le squelette qui était un héros.
Chapitre 11 Al sort le grand jeu ! (Partie 1)

AAAH !
NOTRE FILLE, HALBELLE.
CRAC
DIS BONJOUR AU SAUVEUR DE NOTRE VILLAGE, HALBELLE !
DÉPÊCHE-TOI DE MANGER TES PANCAKES, HALBELLE !
NE LA BOUSCULEZ PAS TROP... CE N'EST PAS TOUS LES JOURS QU'ON VOIT UN SQUELETTE À SA TABLE AU RÉVEIL !
EN PLUS, IL PAAAARLE !!!

JE VAIS MANGER DEHORS, SI VOUS PRÉFÉREZ...
ET IL SAIT SE FAIRE DISCRET !!!
HALBELLE...
CALME-TOI, TU VEUX ?
VIENS MANGER...
EXCUSE-LA, AL...
NOUS RECEVONS RAREMENT DES INVITÉS.
REGARD INTENSE
SLUP
...
SPLOC
POUAH-
!

PARDON !
PRENDS MA SERVIETTE DE TISSU POUR T'ESSUYER...
ELLE EST SUPER DOUCE, CETTE SERVIETTE !!!
HALBELLE, MOINS FORT !
REGARD INTENSE
AL...
... POURQUOI TU ES À ENDE ?
LE BUREAU DE L'UNION DES PALADINS DE SECKMER ATTEND QUE JE LE CONTACTE.
SCRONTCH...
※ AL EN TRAIN DE MANGER
IL FAUT QUE J'AILLE À CELUI DE VOTRE VILLAGE POUR ÇA.
TU SAIS OÙ IL SE TROUVE ?

Bureau de l'Union des paladins d'Ende
ガチャ
CLAC
BONJOUR...
AH, C'EST VOUS ?
BONJOUR...

ÇA NE L'ÉTONNE PAS DE ME VOIR... APRÈS TOUT, C'EST NORMAL... TOUT LE VILLAGE SAIT QU'UN SQUELETTE PALADIN LOGE CHEZ GHANTI EN CE MOMENT !
EN REVANCHE, CE BUREAU N'A RIEN À VOIR AVEC CELUI DE SECKMER.
TENEZ... DE LA PART DE SECKMER...
JE DOIS VOUS REMETTRE LA DEMANDE DE MISSION EN MAINS PROPRES.
HOP
VOILÀ...
... C'EST FAIT !
ET VOTRE RÉCOMPENSE.
HOP
VOUS L'ACCEPTEZ, BIEN SÛR ?
C'EST-À-DIRE QUE... J'AI DÉJÀ EXTERMINÉ UN ÉLAN GIGANTESQUE HIER.
うおーー
OOOOH
どったん
BADAM
ばったん
BADAM
AH OUI, JE SUIS AU COURANT... IL Y A BEAUCOUP D'AGITATION DANS LA RÉGION EN CE MOMENT.
DES DÉMONS AURAIENT PRIS LEURS QUARTIERS DANS LES RUINES D'UN VIEUX FORT...

UN VIEUX FORT ?
OUI, LA ZONE EST PARTICULIÈREMENT DANGEREUSE... ON NE PEUT PLUS PASSER PAR LA FORÊT.
LE VILLAGE CULTIVE SA NOURRITURE ET S'AUTOSUFFIT MAIS...
... ÇA DEVIENT COMPLIQUÉ POUR LE RAVITAILLEMENT EN PRODUITS TRANSFORMÉS.
LES AUTORITÉS SONT TROP OCCUPÉES À ASSURER LA SÉCURITÉ DES TERRITOIRES QU'ELLES ONT SAUVÉS DE L'INVASION DE L'ARMÉE DES OMBRES ET...
... NE PEUVENT PAS ENVOYER DE RENFORTS DANS UNE ZONE AUSSI RECULÉE QUE LA NÔTRE.
ON FAIT CE QU'ON PEUT !
C'EST POUR CELA QU'ELLES FONT APPEL AUX PALADINS.
JE VOIS... DANS CE CAS...
... SI VOUS AVEZ DES MISSIONS DE LA PART DU VILLAGE AUSSI, JE SUIS PRENEUR !

VOUS ÊTES SÛR ?
FLAP
PLOCH
ZIP
VOUS AVEZ FAIT TOMBER ÇA
OUI... JE N'AI JAMAIS AUSSI BIEN DORMI QUE DANS CETTE FORÊT !
TU AS TERMINÉ ?
OUI...
... J'AI PLEIN DE MISSIONS À REMPLIR !
POUR-QUU-UOOI-III !?
CLAC CLAC CLAC

Y-OUUU
DES FORCES DÉMONIAQUES TRÈS PUISSANTES PLANENT SUR CE VILLAGE.
AH BON ?
ELLES PROVIENNENT CERTAINEMENT DES VEINES DU DRAGON ET...
... JE PENSE QUE LES MORTS-VIVANTS SE RÉGÉNÈRENT PENDANT LA NUIT.
JE SENS LA PRÉSENCE DE CES FORCES MALÉFIQUES EN PLEIN JOUR.
J'AIME BIEN TON VILLAGE ET J'AI ENVIE DE LUI APPORTER MON AIDE.
SI ÇA NE TE DÉRANGE PAS.

TU ES UN BON SQUELETTE, AL !
MERCI.
BON, JE TE LAISSE... J'AI DU PAIN SUR LA PLANCHE !

HEUREUSEMENT QUE CE SQUELETTE EST LÀ !
AVEC LUI, ON SE SENT EN SÉCURITÉ !
BRÛLEZ ! BRÛLEZ À TOUT JAMAIS !
REGARDE, LES FORCES MALÉFIQUES PARTENT EN FUMÉE...
C'EST LA FIN DE LA JOURNÉE.

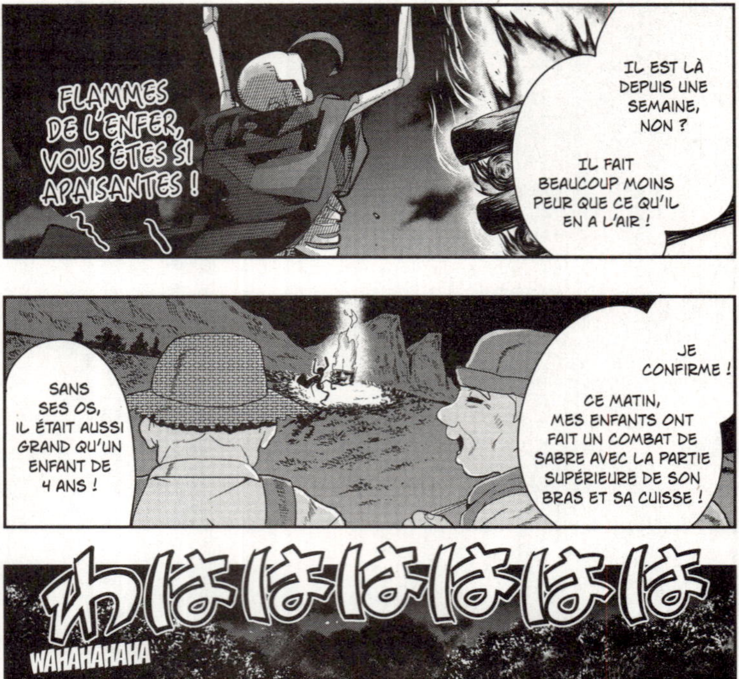
IL EST LÀ DEPUIS UNE SEMAINE, NON ?
IL FAIT BEAUCOUP MOINS PEUR QUE CE QU'IL EN A L'AIR !
FLAMMES DE L'ENFER, VOUS ÊTES SI APAISANTES !
JE CONFIRME !
CE MATIN, MES ENFANTS ONT FAIT UN COMBAT DE SABRE AVEC LA PARTIE SUPÉRIEURE DE SON BRAS ET SA CUISSE !
SANS SES OS, IL ÉTAIT AUSSI GRAND QU'UN ENFANT DE 4 ANS !
わははははは
WAHAHAHAHA
VOICI MA CONTRIBU-TION POUR L'HÉBERGE-MENT...
... HO-NORABLE GHANTI.

Fiche « ZOMBIE »
(Niveau d'animosité envers les humains... B. La plupart se nourrisent de chair humaine. Ils ont une forme humanoïde mais leur cerveau est complètement pourri. Impossible de négocier avec eux)

Le ZOMBIE est un démon avec un métabolisme minimal dont l'âme, qui n'a pas quitté la dépouille, est contrôlée par une force magique.

Le ZOMBIE peut être humain ou animal.
Son corps est en état de pourrissement et pour stabiliser son métabolisme, le ZOMBIE doit se nourrir de chair et attaque les humains sans vergogne.

Certains ZOMBIES – mais c'est rare – gardent leur rationalité et disposent des mêmes pouvoirs magiques qu'un nécromancien.

Les ZOMBIES ne sont pas des combattants efficaces.
Mais ils sont très endurants. Pour s'en débarrasser définitivement, il faut soit leur éclater le crâne, soit les découper en morceaux.
Le commentaire d'Al : « On dit que si un ZOMBIE vous mord, on en devient un à son tour. Pour être précis, on meurt d'abord de la morsure puis on devient ZOMBIE parce que nos pouvoirs magiques sont contaminés. Si vous avez le temps de nettoyer la morsure avant de mourir, vous guérissez naturellement et empêchez la contamination ! »

JE SAIS QUE J'EN SUIS UN, MAIS IL Y A QUAND MÊME PAS MAL DE MORTS-VIVANTS DANS LE COIN...
TCHAK
TCHAK
NORMALEMENT, IL NE DEVRAIT PAS Y EN AVOIR PLUS D'1% SUR UNE TERRE OÙ LES ÉNERGIES D'UNE VEINE DE DRAGON SONT TRÈS ACTIVES.
AUTREFOIS, CE N'ÉTAIT PAS COMME ÇA, TU SAIS... LES TEMPS ONT CHANGÉ.
JE DEVRAIS PEUT-ÊTRE APPELER DES RENFORTS... LE PROBLÈME, C'EST QUE JE SUIS LE SEUL À AVOIR ACCEPTÉ CETTE MISSION.
ET SI JE FAISAIS APPEL À MIKTRA ?

ELLE EST PUNIE ET...
ELLE PASSE TROP DE TEMPS DEHORS, LA NUIT.
... PRIVÉE DE DÎNER.
HIER SOIR, MADEMOISELLE A FAIT LE MUR...
TU TE RENDS COMPTE ?!
CLAC
......

JE... JE N'AI PAS TRÈS FAIM.
JE VAIS VOUS LAISSER EN TÊTE-À-TÊTE.
CLAC
JE ME SUIS BATTU TOUTE LA JOURNÉE ET JE SUIS FOURBU !

J'AURAIS DÛ ÊTRE PLUS MÉFIANTE...
SNIF
POURQUOI JE NE PEUX PAS SORTIR LA NUIT ALORS QUE PAPA ET MAMAN, EUX, ILS VONT DANS LA FORÊT ?!
GRR ROU OU OU OU
J'AURAIS TELLEMENT VOULU VOIR DES ZOMBIES...
JE SAIS QUE C'EST DANGEREUX MAIS...
... JE PEUX TRÈS BIEN ME BATTRE CONTRE EUX !
MÊME PAS PEUR !
GOOOO

BONSOIR, JEUNE FILLE.
OOOOH!
AAAAAH!
HIIII...
VU TA RÉACTION, JE NE SUIS PAS SÛR QUE TU TIENNES CINQ MINUTES DEHORS TOUTE SEULE.
PFF
TES PARENTS T'ONT PUNIE POUR TE PROTÉGER, TU SAIS ?
GROOUUU
HOP...
!!

TU M'AS APPORTÉ À MANGER ?!?
GUILI GUILI
DU CALME, JEUNE FILLE !
TU RESSEMBLES À UN DE CES ZOMBIES QUE TU AIMES TANT !
T'ES MÉCHANT, AL ! JE MEURS DE FAIM !
GRROUIK
PAUVRE PETITE...
MIOM
MIOM
MIOM
BON APPÉ-TIT...
ÉCOUTE... CHACUN FAIT CE QU'IL VEUT MAIS...
... TU NE DEVRAIS PAS TENTER LE DIABLE.
ARRÊT NET
IL Y A BEAUCOUP DE TARÉS CHEZ LES MORTS-VIVANTS !

JE SAIS...
JE NE RECOM-MENCERAI PLUS.
QUOI ?

COMMENT TU TROUVES NOTRE VILLAGE ?
C'EST UN BEL ENDROIT.
LOIN DE LA GUERRE, ON N'Y MANQUE DE RIEN... NI DE MATIÈRE PREMIÈRE, NI DE FORCES MAGIQUES, CE QUI EST BIEN POUR LE SQUE-LETTE QUE JE SUIS.
MAIS IL Y A TROP DE DÉMONS À MON GOÛT !
JE DOIS TROUVER POURQUOI ET LES EXTERMINER !
TU CROIS QUE TU Y ARRIVERAS ?
QUE TU POURRAS SAUVER NOTRE VILLAGE ?

LES VILLAGEOIS ESSAIENT DE ME CACHER LA VÉRITÉ MAIS...
... J'AI BIEN COMPRIS...
... QU'ILS DISPARAISSENT LES UNS APRÈS LES AUTRES.
TOUS CEUX QUI SONT SORTIS DU VILLAGE ONT PERDU LA VIE.
TU SAIS...
... CE VILLAGE A DÉJÀ FAILLI ÊTRE RAYÉ DE LA CARTE...

À CAUSE DES DÉMONS ?
NON...
D'UNE ÉPIDÉMIE.
C'ÉTAIT IL Y A UN PEU PLUS DE 6 MOIS.

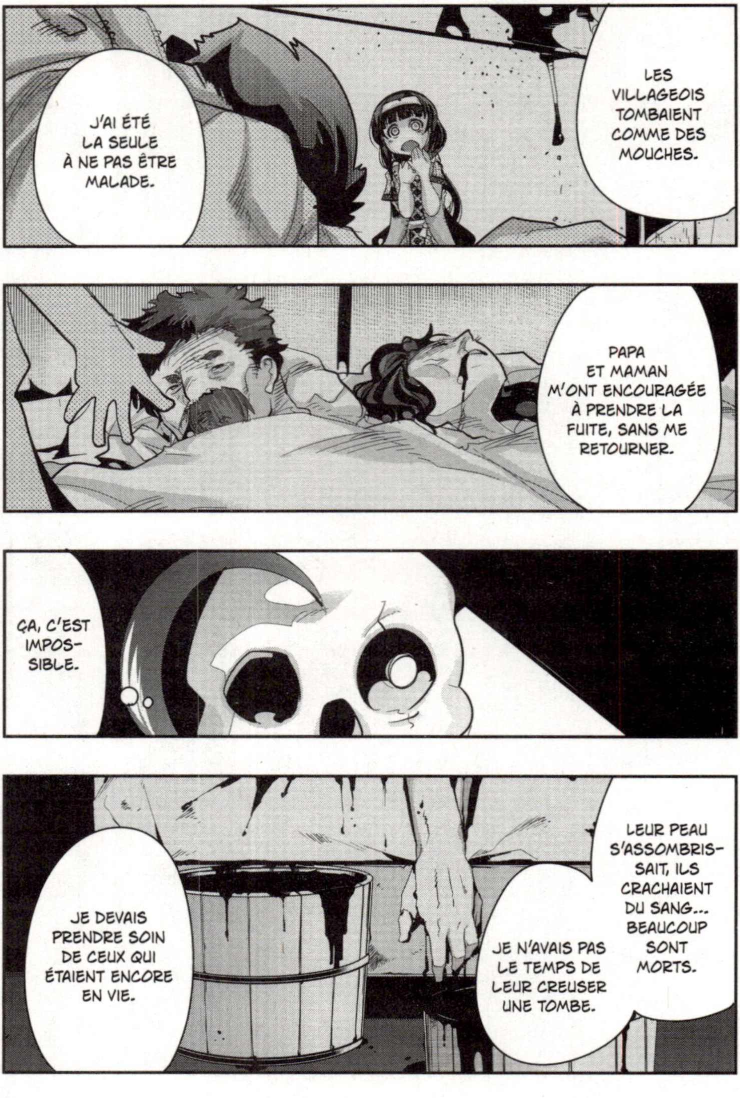
LES VILLAGEOIS TOMBAIENT COMME DES MOUCHES.
J'AI ÉTÉ LA SEULE À NE PAS ÊTRE MALADE.
PAPA ET MAMAN M'ONT ENCOURAGÉE À PRENDRE LA FUITE, SANS ME RETOURNER.
ÇA, C'EST IMPOS-SIBLE.
LEUR PEAU S'ASSOMBRIS-SAIT, ILS CRACHAIENT DU SANG... BEAUCOUP SONT MORTS.
JE N'AVAIS PAS LE TEMPS DE LEUR CREUSER UNE TOMBE.
JE DEVAIS PRENDRE SOIN DE CEUX QUI ÉTAIENT ENCORE EN VIE.

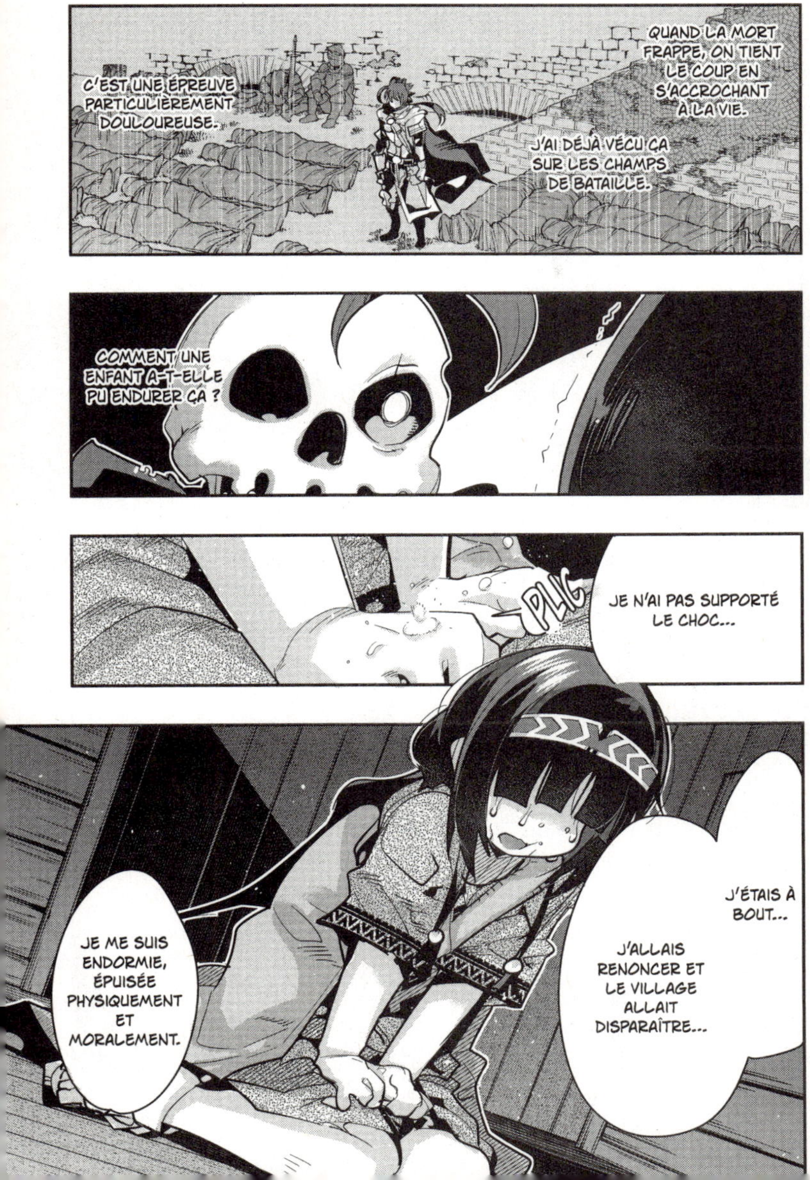
QUAND LA MORT FRAPPE, ON TIENT LE COUP EN S'ACCROCHANT À LA VIE.
C'EST UNE ÉPREUVE PARTICULIÈREMENT DOULOUREUSE.
J'AI DÉJÀ VÉCU ÇA SUR LES CHAMPS DE BATAILLE.
COMMENT UNE ENFANT A-T-ELLE PU ENDURER ÇA ?
PLIC
JE N'AI PAS SUPPORTÉ LE CHOC...
J'ÉTAIS À BOUT...
J'ALLAIS RENONCER ET LE VILLAGE ALLAIT DISPARAÎTRE...
JE ME SUIS ENDORMIE, ÉPUISÉE PHYSIQUEMENT ET MORALEMENT.

À MON RÉVEIL, ILS ÉTAIENT VIVANTS.
TOUS CEUX QUE JE CROYAIS MORTS ÉTAIENT DEBOUT !
ILS ONT ALORS PRIS SOIN DE MOI À LEUR TOUR.
JE PENSAIS QUE NOUS NE REVIVRIONS PLUS JAMAIS ÇA !
ET MAINTE-NANT, LES DÉMONS...

AL...
JE T'EN SUPPLIE.
TU DOIS SAUVER NOTRE VILLAGE !

TU ES TRÈS COURAGEUSE.
ET MORALEMENT FORTE.
TON ATTITUDE EST EXEM-PLAIRE.
JE TE PROMETS DE PROTÉGER TON VILLAGE.
POUR QUE LA LUMIÈRE QUI BRILLE EN TOI NE S'ÉTEIGNE JAMAIS...
POUR MONTRER QUE TON COURAGE EST REMARQUABLE...

CE SONT ELLES QUI NOUS RAPPELLENT POURQUOI NOUS NOUS BATTONS.
C'EST POUR RETROUVER CE GENRE DE PERSONNES QUE J'AI REPRIS LA ROUTE...
DES PERSONNES COMME HALBELLE ! CENSÉES SOUTENIR LES PALADINS !
C'EST EXACTEMENT...
... CE QUI M'A MANQUÉ QUAND J'ÉTAIS ALVIS.

MERCI DE M'AVOIR RAPPELÉ QUI JE SUIS...
... HALBELLE !
J'EXAGÈRE UN PEU MAIS...
... C'EST EXACTEMENT CE QUE DIRAIT UN PALADIN !
MERCI !

JE PARS À LA CHASSE AUX DÉMONS !
TON TRAVAIL TE PASSIONNE, ON DIRAIT !

J'AI ÇA DANS LA PEAU ! OU PLUTÔT, SUR LES OS !
CLAC !!
HÉ HÉ...
HI HI
GRÂCE À TOI, NOUS POUVONS CHASSER ET ALLER CUEILLIR DES HERBES DANS UN PÉRIMÈTRE PLUS GRAND QU'AVANT !
MA BLAGUE L'A FAIT RIRE !
MERCI !
AU FAIT... À PROPOS D'HIER...

AH... QUAND TU AS PLEURÉ COMME UNE MADELEINE ?
FLAP
AAAAH...
OUI... ÇA RESTE ENTRE NOUS, D'ACCORD ?
JE SAIS QUE TU ES ROBUSTE MAIS...
... FAIS ATTENTION À NE PAS TE BLESSER !
FLAP
NE T'INQUIÈTE PAS... JE CONNAIS MON BOULOT !
HA
FLAP
...
FLAP
FLAP
FLAP
TU L'EXERÇAIS AVANT DE MOURIR ?

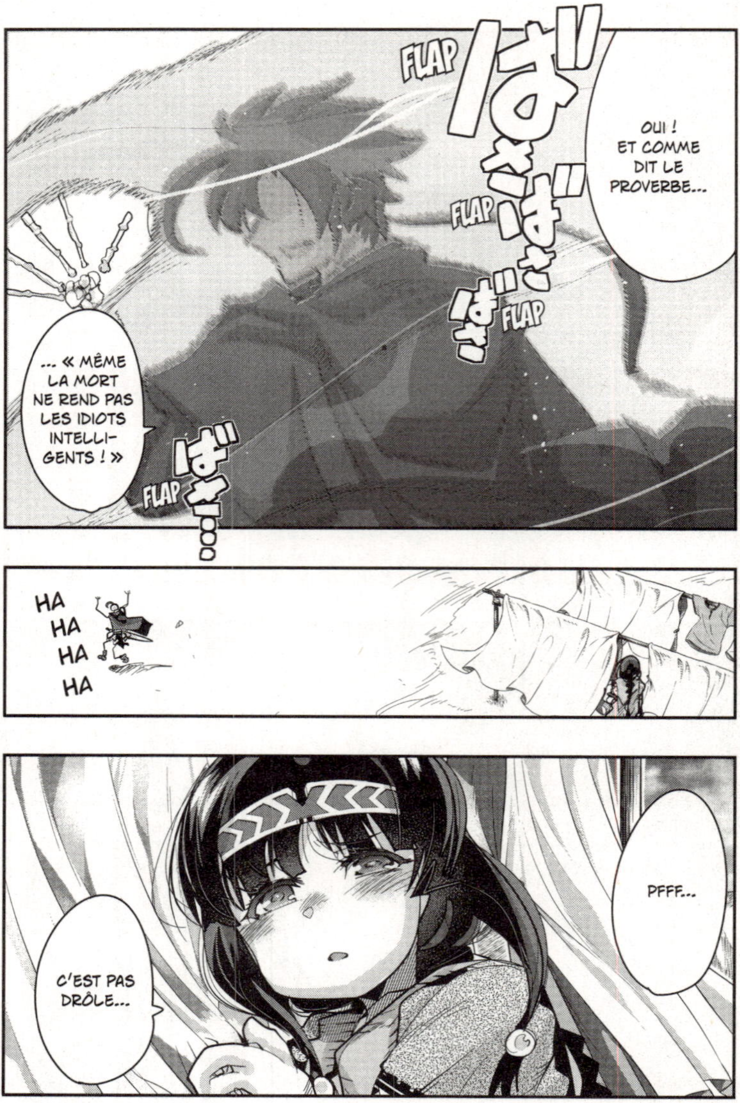
FLAP
OUI ! ET COMME DIT LE PROVERBE...
FLAP
FLAP
... « MÊME LA MORT NE REND PAS LES IDIOTS INTELLI-GENTS ! »
FLAP
HA HA HA HA
PFFF...
C'EST PAS DRÔLE...

SON ÂME A DISPARU...
PAS DE BLESSURE EXTERNE...
C'EST LE TROISIÈME CORPS...
KSS
KSS
... QUE JE RAMASSE...
KSS
TOUJOURS À LA MÊME DISTANCE DU VILLAGE...
QUELLE EST CETTE MALÉDICTION ?
IL N'A PAS L'AIR D'AVOIR ÉTÉ ATTAQUÉ...

Chapitre 12 Al sort le grand jeu ! (Partie 2)
JE SUIS SÛR QUE CE FORT EST LA CLÉ DU MYSTÈRE.

DES DÉMONS ENCERCLENT LE VILLAGE MAIS NE L'ATTAQUENT PAS.
UNE LÉGION ENTIÈRE !
LE TAUX DE MORTS-VIVANTS -- HUMAINS OU ANIMAUX -- EST ANORMALEMENT ÉLEVÉ.
C'EST DANS CE FORT QU'ILS ONT ÉLU DOMICILE.
ÇA NE SENT PAS BON DU TOUT.
SI JE RASE CETTE BÂTISSE, EST-CE QUE LES DÉMONS DISPARAÎTRONT À TOUT JAMAIS ?
よっ す
VLOF
TOI, JE TE RAMÈNERAI AU VILLAGE PLUS TARD.
ALLONS VOIR DE PLUS PRÈS.

ZOOO
FLAP
ZOOO
ZOOO
ZOOO
ZOOO
FLAP
FLAP
ZOOO

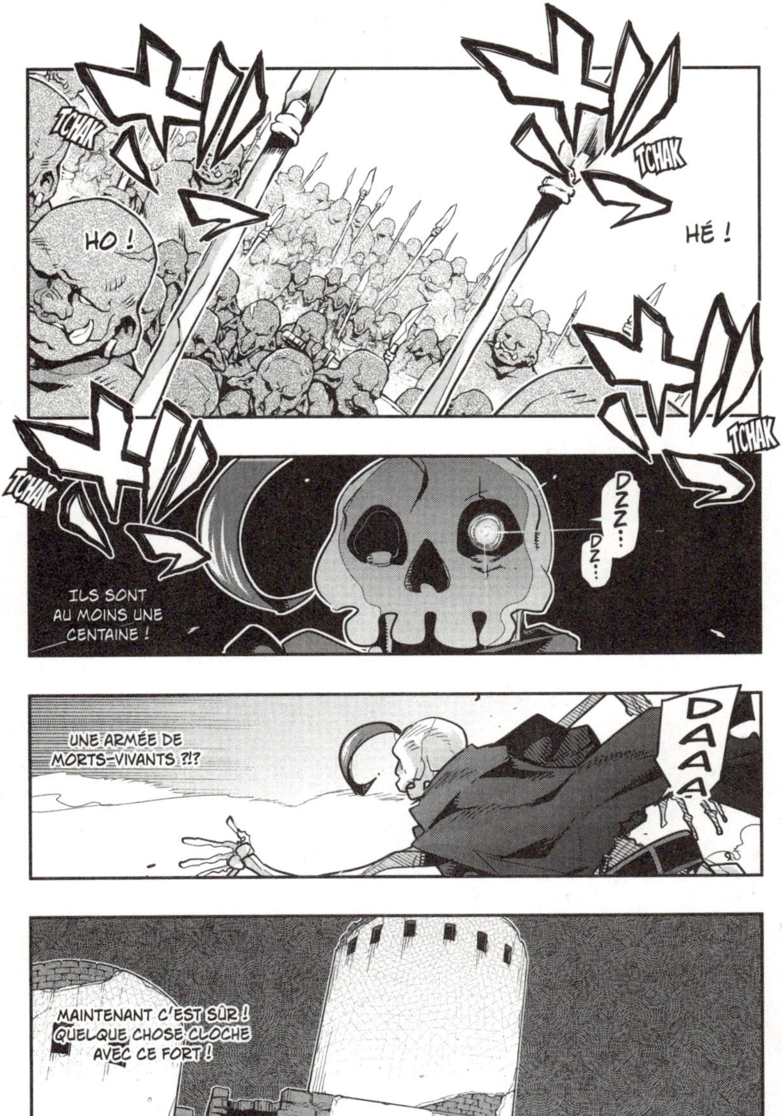
TCHAK
HÉ !
TCHAK
HO !
TCHAK
TCHAK
DZZ...
DZ...
ILS SONT AU MOINS UNE CENTAINE !
DAAAA
UNE ARMÉE DE MORTS-VIVANTS ?!?
MAINTENANT C'EST SÛR ! QUELQUE CHOSE CLOCHE AVEC CE FORT !

ILS AVANCENT VERS LE VILLAGE !
GANTHI...
ELEUSE...
MES AMIS...
DES ZOMBIES
UN SQUELETTE
HALBELLE...
JE DOIS INTERVENIR !
SHUUUU
TAP
LES INTERCEPTER AVANT QU'ILS N'ATTEIGNENT LE VILLAGE !
VIOUUUU

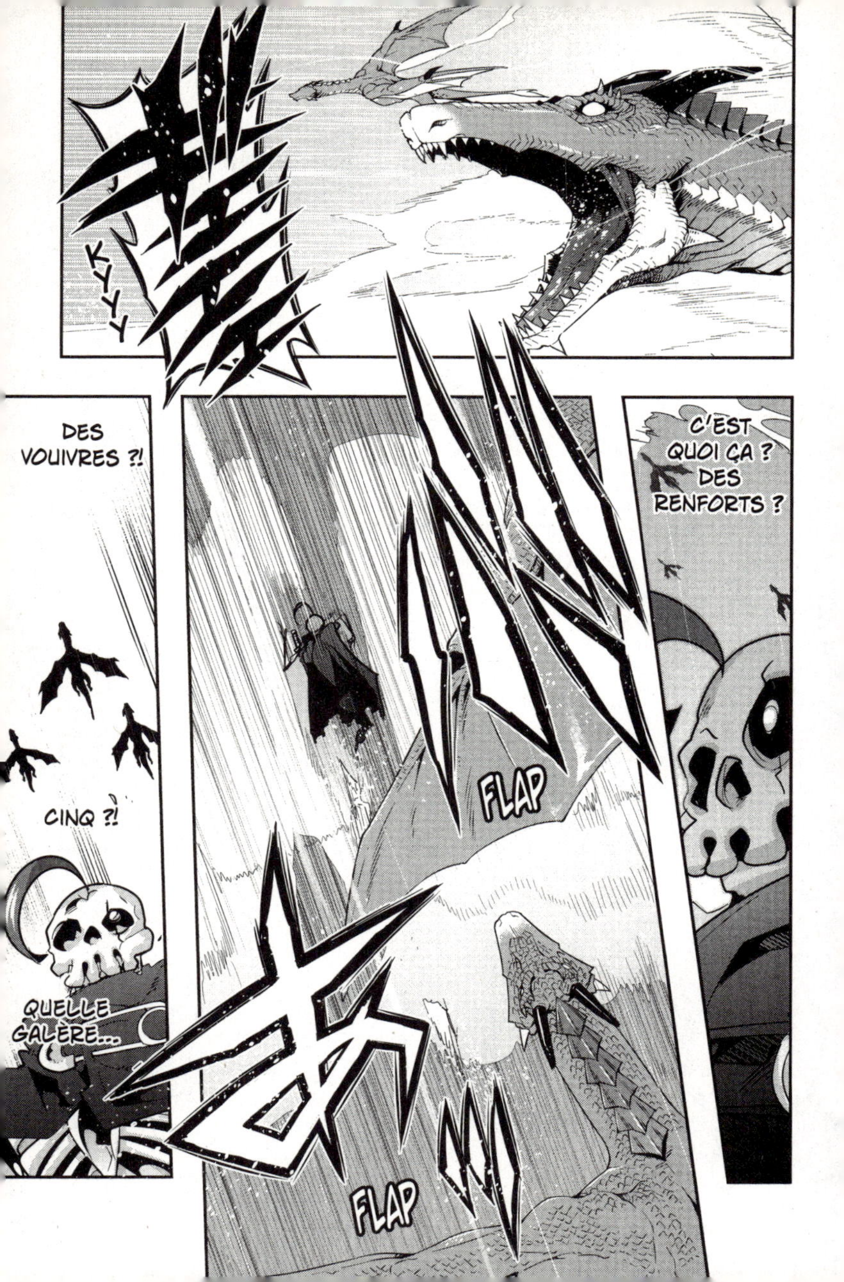

KYYY
C'EST QUOI ÇA ? DES RENFORTS ?
DES VOUIVRES ?!
CINQ ?!
QUELLE GALÈRE...
FLAP
FLAP

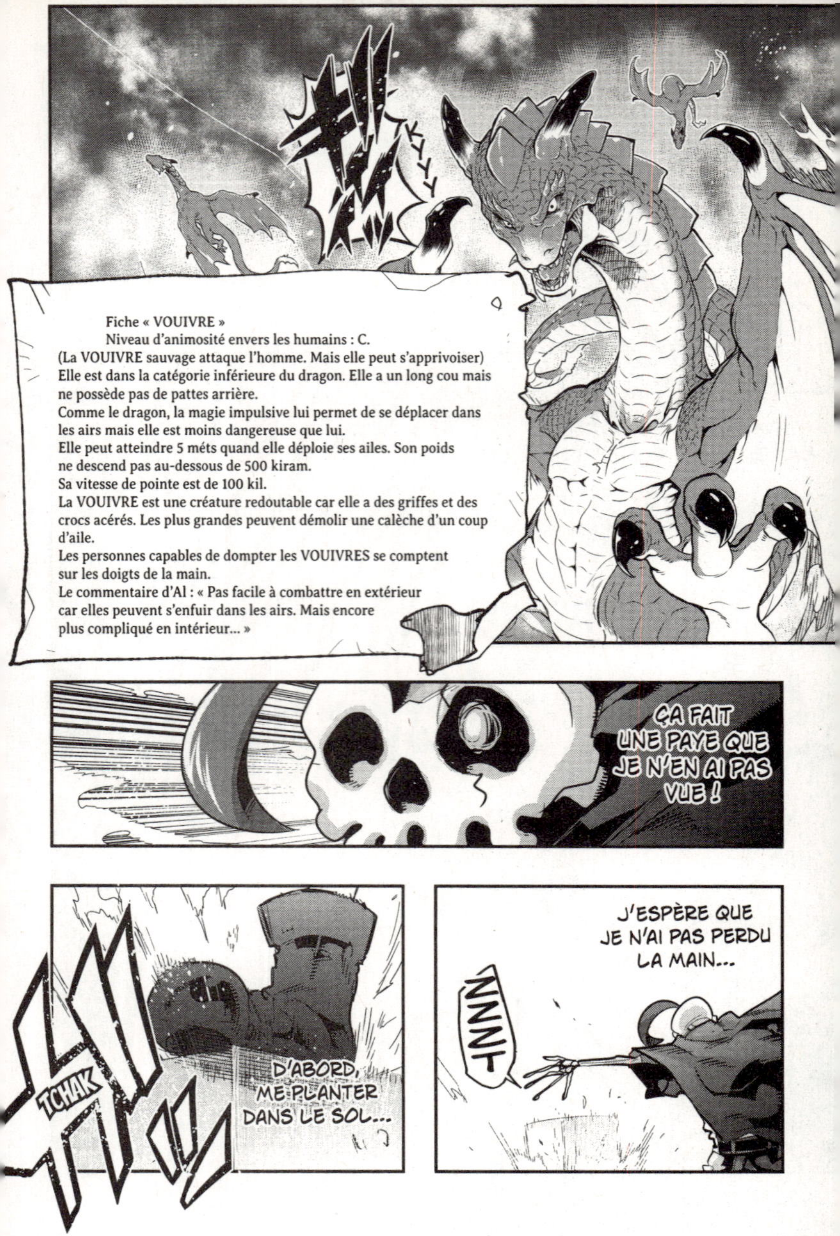
KYYYY
Fiche « VOUIVRE »
Niveau d'animosité envers les humains : C.
(La VOUIVRE sauvage attaque l'homme. Mais elle peut s'apprivoiser)
Elle est dans la catégorie inférieure du dragon. Elle a un long cou mais ne possède pas de pattes arrière.
Comme le dragon, la magie impulsive lui permet de se déplacer dans les airs mais elle est moins dangereuse que lui.
Elle peut atteindre 5 méts quand elle déploie ses ailes. Son poids ne descend pas au-dessous de 500 kiram.
Sa vitesse de pointe est de 100 kil.
La VOUIVRE est une créature redoutable car elle a des griffes et des crocs acérés. Les plus grandes peuvent démolir une calèche d'un coup d'aile.
Les personnes capables de dompter les VOUIVRES se comptent sur les doigts de la main.
Le commentaire d'Al : « Pas facile à combattre en extérieur car elles peuvent s'enfuir dans les airs. Mais encore plus compliqué en intérieur... »
ÇA FAIT UNE PAYE QUE JE N'EN AI PAS VUE !
J'ESPÈRE QUE JE N'AI PAS PERDU LA MAIN...
NNNT
TCHAK
D'ABORD, ME PLANTER DANS LE SOL...

VIOUUUUU
ET ENSUITE, DÉCOLLAGE !
FLAP
FLAP
FLAP

KYUU
BONJOUR...
JE PEUX VOUS DEMANDER CE QUE VOUS FAITES ICI ?
OOOOO
GROA
GRU
AAH
GRU
AAH !?
ZAAAH
TOI, TU VAS ME DONNER DU FIL À RETORDRE MAIS...
... J'AIME ÇA !
GUU

JE PRENDS APPUI SUR TOI...
DOO
... POUR TE PLANTER MON ÉPÉE DANS LE COU !!!
DOO
DOO
COMME ÇA, JE PEUX TE DIRIGER OÙ JE VEUX !
KYUU

KYUUU
DOO
DOO
DOO
GYAA
FIU

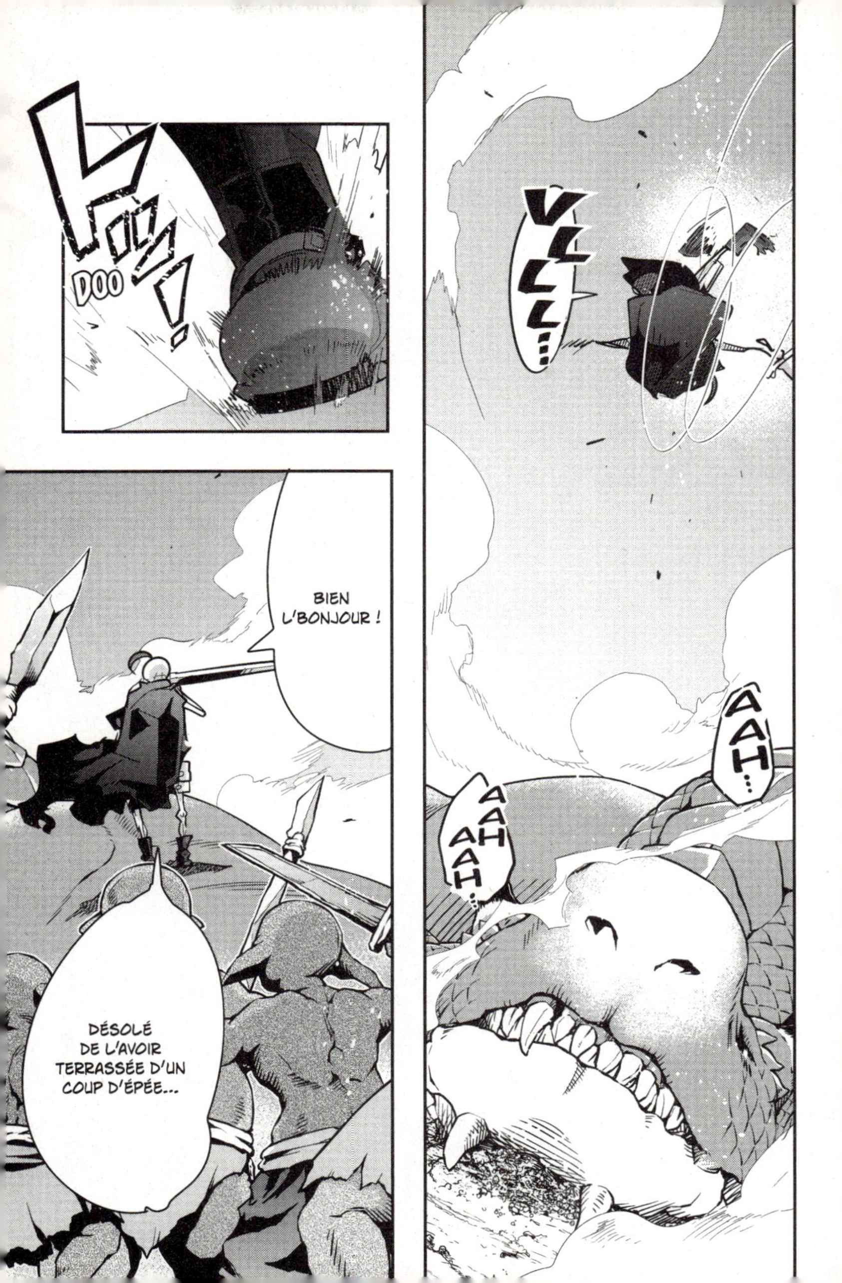
VLLL...
AAH...
AAH AAH AAH...
DOO
BIEN L'BONJOUR !
DÉSOLÉ DE L'AVOIR TERRASSÉE D'UN COUP D'ÉPÉE...

VOUS ÊTES PRÊTS À VOUS RENDRE ?
VOIX INTÉRIEURE
J'AI TROP UTILISÉ MES POUVOIRS...
... CES JOURS-CI...
JE N'EN AI PRESQUE PLUS.
MAIS ILS NE DOIVENT PAS SAVOIR...
ENCERCLEZ-LE...

ZAAAAH
BEN MON VIEUX, ILS SONT MOTIVÉS !
DES MORTS-VIVANTS SOUS L'EMPRISE D'UNE FORCE TRÈS PUISSANTE.
IL DOIT Y AVOIR UNE BONNE RAISON POUR QU'ILS N'AÏENT PAS ENCORE ATTAQUÉ LE VILLAGE !
ZAAAAH
TE VOILÀ ! MAUDIT SAC D'OS !
HUM ?

REGARDE CE QUE NOUS SOMMES DEVENUS...
... À CAUSE DE TOI !!!
Fiche « GOULE »
Niveau d'animosité envers les humains : A (Les humains et les GOULES sont incompatibles. Les GOULES sont intelligentes, donc dangereuses)
C'est la Rolls-Royce des zombies. En d'autres termes, un « zombie animé par la magie impulsive ».
Le zombie de base est plus fort qu'un squelette mais dans le cas d'une GOULE, le niveau de force est incomparable.
La GOULE peut anéantir à elle seule des petits groupes de paladins ou une armée de soldats.
Les GOULES sont généralement créées à partir des corps des victimes des vampires et sont particulièrement toxiques.
Le commentaire d'Al : « On en trouve dans toutes les grandes villes, c'est un vrai fléau ! »
IL ÉTAIT À TIGUES, LUI ! C'EST CELUI QUI A DÉSERTÉ !
IL A CHANGÉ DE COULEUR ET IL PORTE LE SCEAU DE SON MAÎTRE.
QUI EST DERRIÈRE TOUT ÇA ?!?
UNE PETITE QUESTION...
... C'EST TON MAÎTRE QUI VIT DANS CE FORT ?

RAAH
RAAH
RESTEZ OÙ VOUS ÊTES !
RAAH
RAAH
RAAH
TU NE TE METTRAS PAS EN TRAVERS DE NOTRE CHEMIN ! NOUS ALLONS DÉTRUIRE CE VILLAGE !
NE LE TOUCHEZ PAS !
ZIOUUUU !
IL EST À MOI !

OH...
OOOH
HÉ HÉ HÉ...
CRIC...
J'AI DEUX FOIS PLUS DE FORCE, MAINTENANT QUE JE SUIS UNE GOULE !
CRIIC
JE VAIS TE MONTRER DE QUOI JE SUIS CAPABLE !
TU N'ES RIEN D'AUTRE QU'UN MORT-VIVANT...

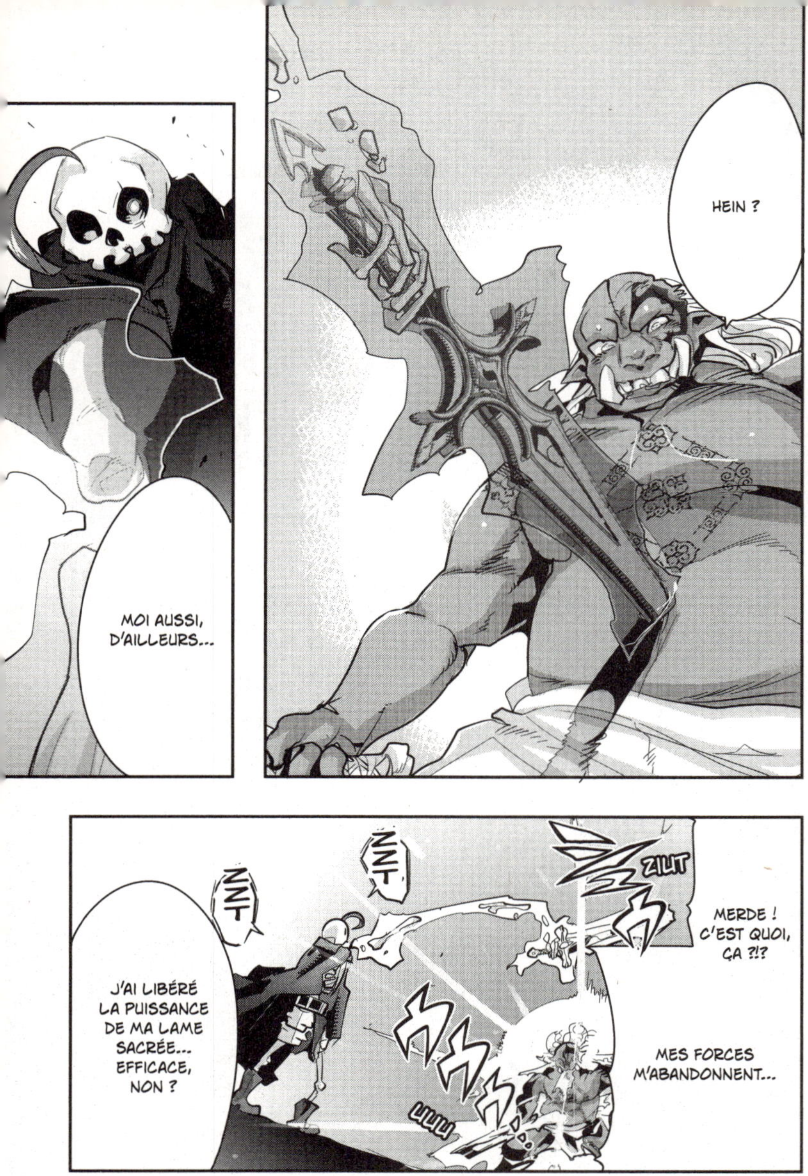
HEIN ?
MOI AUSSI, D'AILLEURS...
ZIUT
MERDE ! C'EST QUOI, ÇA ?!?
MES FORCES M'ABANDONNENT...
J'AI LIBÉRÉ LA PUISSANCE DE MA LAME SACRÉE... EFFICACE, NON ?

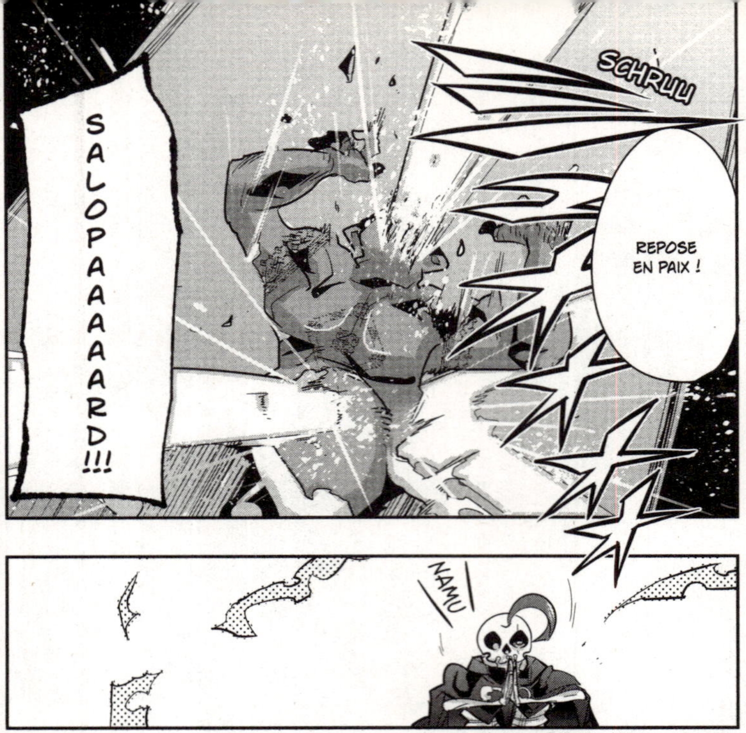

Namu amida butsu : Prière bouddhiste pour les morts

NOOON !
わ〜
WAAA
AU SECOURS !
ARRÊTEZ !!!
や
A
め
RRÊ
て
TEZ
ドドドドド
DO DO DO
KYAAAAA !
HALBELLE...
ILS SONT DÉJÀ AU VILLAGE ?!?

TCHAK
TAP
TAP
TAP
TAP
HOP
AAAH !
NOOON ! LÂCHEZ-MOI !!
VOUS M'ENTEN-DEZ ?!? REDESCEN-DEZ-MOI !!!
FLAP FLAP
TAIS-TOI ! C'EST MOI ! ARRÊTE DE BATTRE DES PIEDS !
TU ME TRANSPERCES LES CÔTES !!
AAAH !! AL ?!?
CACHE-TOI SOUS MON MANTEAU !

ET NE BOUGE PAS !
HIIII !
GAZOU!
MAINTENANT, À NOUS !
UNE CENTAINE D'ADVERSAIRES...
ET PAS ASSEZ DE FORCE POUR LES METTRE TOUS À TERRE.
EN PLUS, JE PORTE HALBELLE SUR LE DOS...

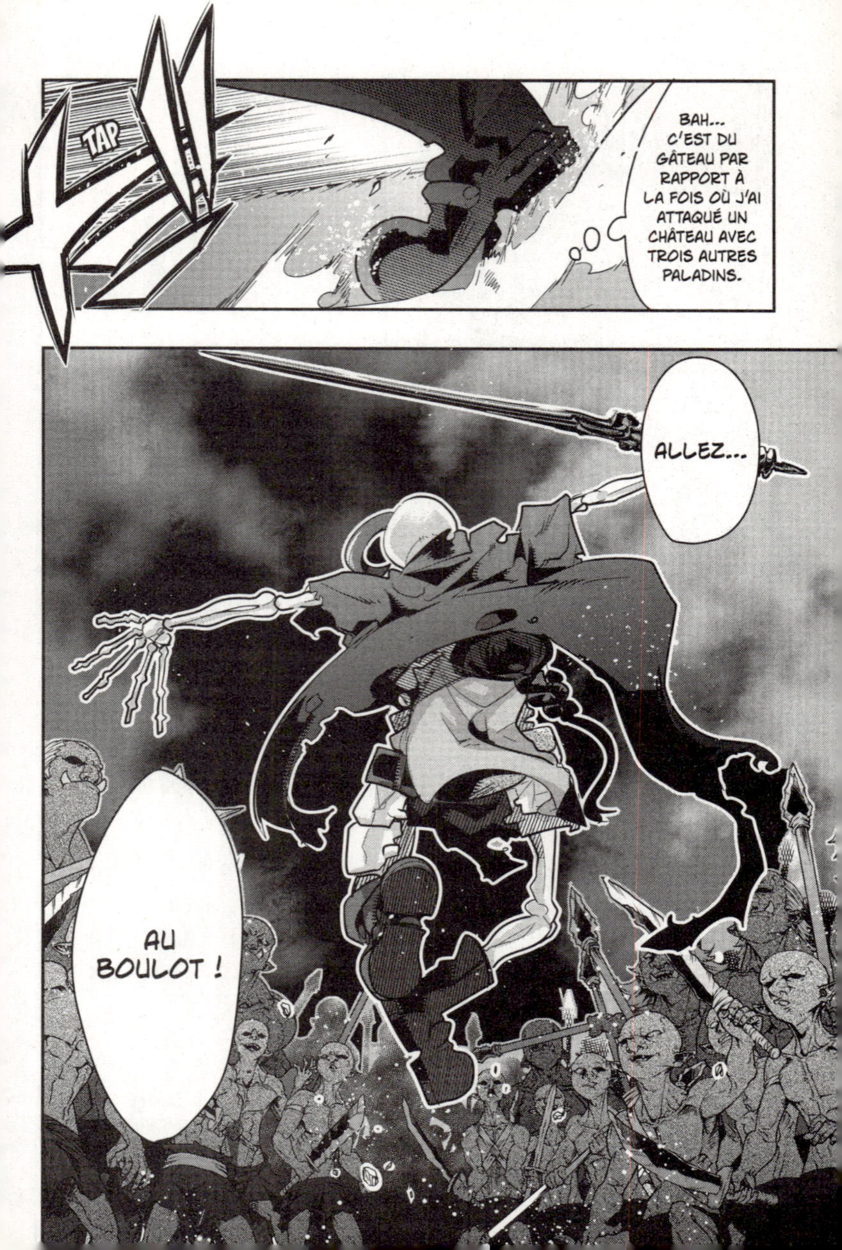
TAP
BAH... C'EST DU GÂTEAU PAR RAPPORT À LA FOIS OÙ J'AI ATTAQUÉ UN CHÂTEAU AVEC TROIS AUTRES PALADINS.
ALLEZ...
AU BOULOT !

ZBAAA
SHLAK
ZBAAA
J'AI MAL AU CŒUR !
OUIIAAAH !
ÇA TOURNE !
MAIS...

AL FAIT ÇA...
... POUR SAUVER MON VILLAGE...
RAAH
C'EST MOI QUI L'AI ENTRAÎNÉ DANS CETTE HISTOIRE...
ET JE LE RALENTIS.
QU'EST-CE QUE JE PEUX FAIRE POUR L'AIDER ?
RAH
JE SAIS ! LUI DONNER DU COURAGE !
KAAA
AL ! AL !
ÉCOUTE-MOI...
PAS MAINTENANT !!! TU NE VOIS PAS QUE JE SUIS OCCUPÉ ?!?

MANGE-MOI, AL !
...
MINCE... ELLE A DES HALLUCINATIONS !
CALME-TOI... RESPIRE...
PIONG
MANGE-MOI, TU SERAS PLUS RAPIDE !
DÉPÊCHE-TOI !
JUSTE UN PETIT BRAS !
PIONG

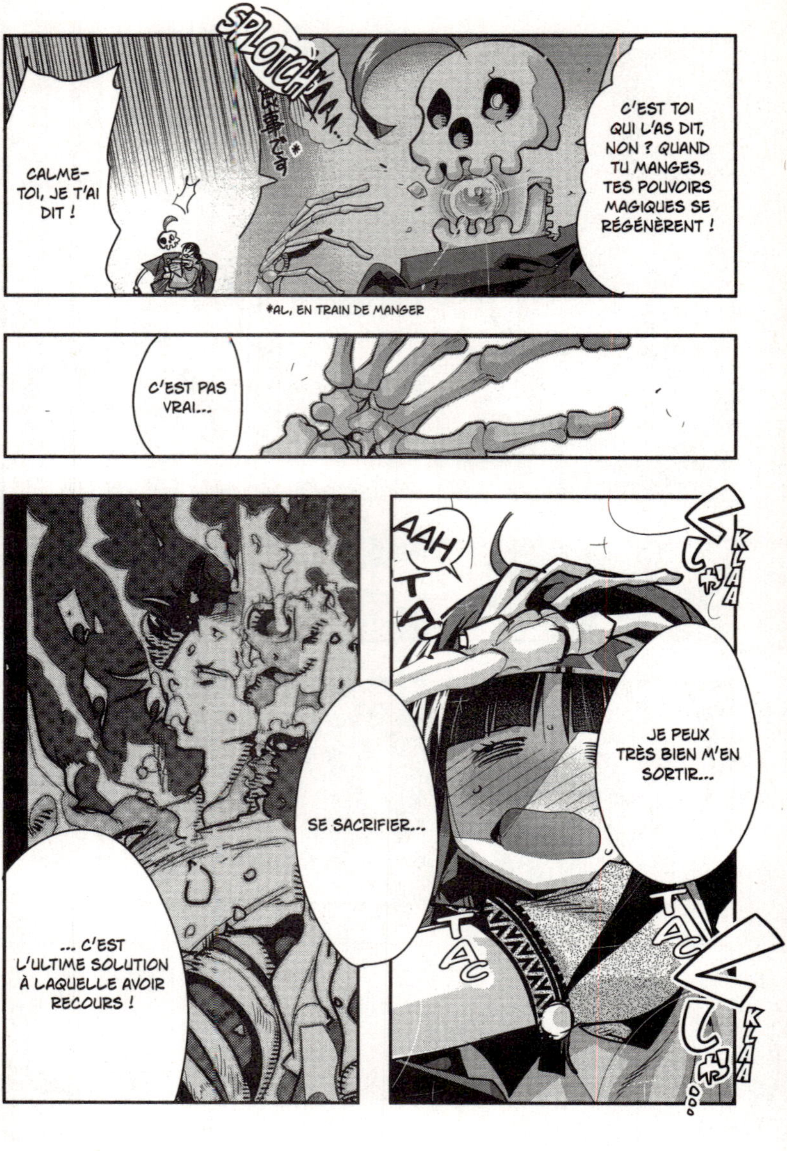
C'EST TOI QUI L'AS DIT, NON ? QUAND TU MANGES, TES POUVOIRS MAGIQUES SE RÉGÉNÈRENT !
SPLOTCH
AAAA...
食事です *
CALME-TOI, JE T'AI DIT !
*AL, EN TRAIN DE MANGER
C'EST PAS VRAI...
KLAA
AAH
TAC TAC
JE PEUX TRÈS BIEN M'EN SORTIR...
SE SACRIFIER...
TAC TAC
KLAA
... C'EST L'ULTIME SOLUTION À LAQUELLE AVOIR RECOURS !

ET IL EST ENCORE TROP TÔT POUR BAISSER LES BRAS !
HYU
DOOOO...
AL...
CELA DIT, À CE RYTHME, JE NE RISQUE PAS D'EXTERMINER PLUS DE 70% DE L'ENNEMI...
BOM
BOM
MAIS HEUREUSE-MENT...
B-BOM
SCHUUU
... J'AI L'IM-PRESSION QUE LES ÉNERGIES DE LA VEINE DE DRAGON SONT EN TRAIN DE SE MANIFESTER...

EN LES ASSIMILANT...
... JE PEUX ENVOYER VALSER TOUT CE BEAU MONDE !
SCHAK
HAA
DRAGON DÉCHU, LIBÈRE TA PUISSANCE...
OUVRE-TOI...
DJIUUU
DONNE-MOI TA FORCE VENGERESSE !

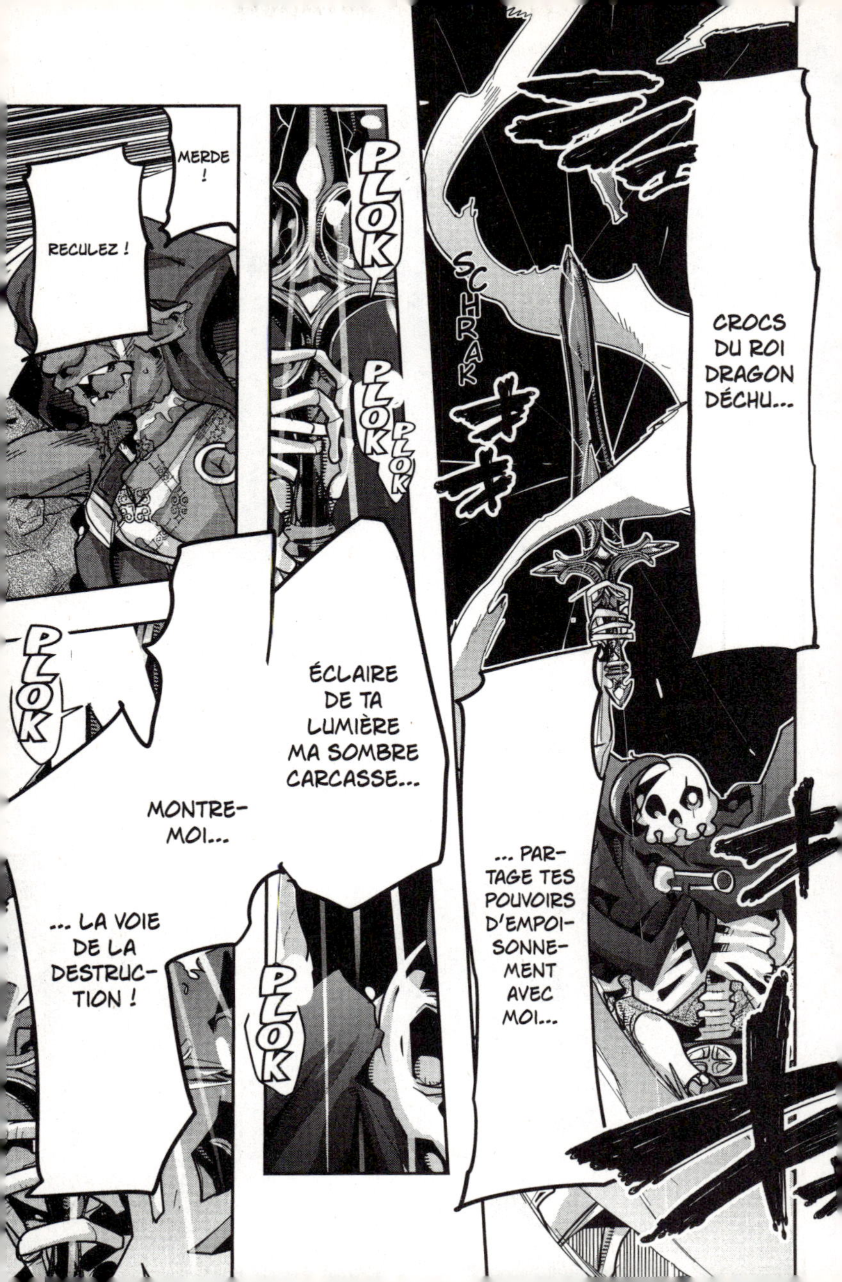
CROCS DU ROI DRAGON DÉCHU...
SCHRAK
... PARTAGE TES POUVOIRS D'EMPOISONNEMENT AVEC MOI...
PLOK
PLOK
PLOK
MERDE !
RECULEZ !
ÉCLAIRE DE TA LUMIÈRE MA SOMBRE CARCASSE...
PLOK
MONTRE-MOI...
... LA VOIE DE LA DESTRUCTION !
PLOK

LAME IMPULSIVE...
FRATCH
FRATCH
FRATCH

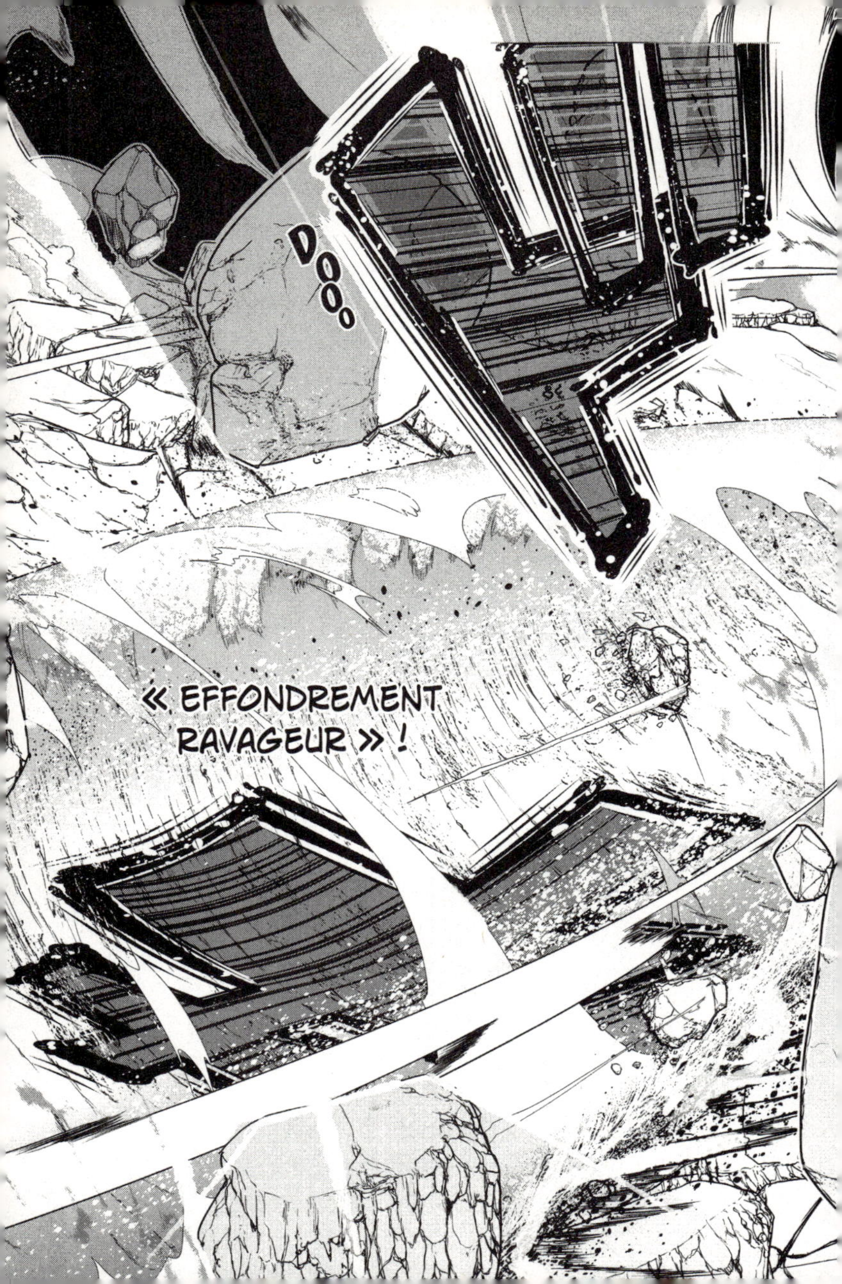
DOOOO
« EFFONDREMENT RAVAGEUR » !

DOOO
OOOO
HUUM

FLAAA
BON... JE NE SUIS PAS COMPLÈTEMENT DÉGLINGUÉ !
ぜーはー
ZAA
ぜーはー
ZAA
ESSAYONS DE FAIRE BONNE FIGURE !
UN, DEUX, TROIS... ENCORE UNE BONNE TRENTAINE DEBOUT !
PERSONNE NE BOUGE !
IL EST DE LA MÊME ESPÈCE QUE LE GÉNÉRAL !
ZAH
LAISSONS-LE LUI RÉGLER SON COMPTE !

MAIS QUI VOILÀ ?!
C'EST TOI, EINHERJAR ?
OUI... ET CETTE FOIS, JE SUIS MORT MOI AUSSI...
QUEL HEUREUX HASARD !
HEIN ? TU LE CONNAIS ?!
SÉRIEUX ?
BRRRRR
JE NE SAIS PAS POUR QUI TU ROULES À PRÉSENT, MAIS JE NE TE LAISSERAI AUCUNE CHANCE !

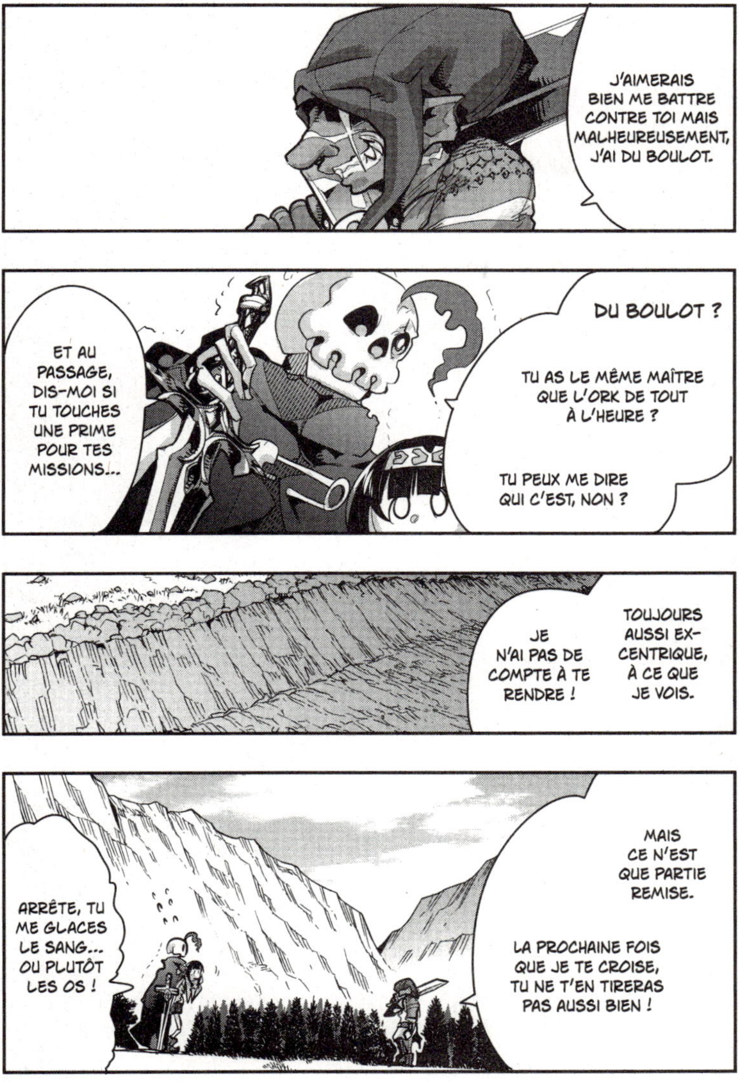
J'AIMERAIS BIEN ME BATTRE CONTRE TOI MAIS MALHEUREUSEMENT, J'AI DU BOULOT.
DU BOULOT ?
TU AS LE MÊME MAÎTRE QUE L'ORK DE TOUT À L'HEURE ?
TU PEUX ME DIRE QUI C'EST, NON ?
ET AU PASSAGE, DIS-MOI SI TU TOUCHES UNE PRIME POUR TES MISSIONS...
TOUJOURS AUSSI EX-CENTRIQUE, À CE QUE JE VOIS.
JE N'AI PAS DE COMPTE À TE RENDRE !
MAIS CE N'EST QUE PARTIE REMISE.
LA PROCHAINE FOIS QUE JE TE CROISE, TU NE T'EN TIRERAS PAS AUSSI BIEN !
ARRÊTE, TU ME GLACES LE SANG... OU PLUTÔT LES OS !

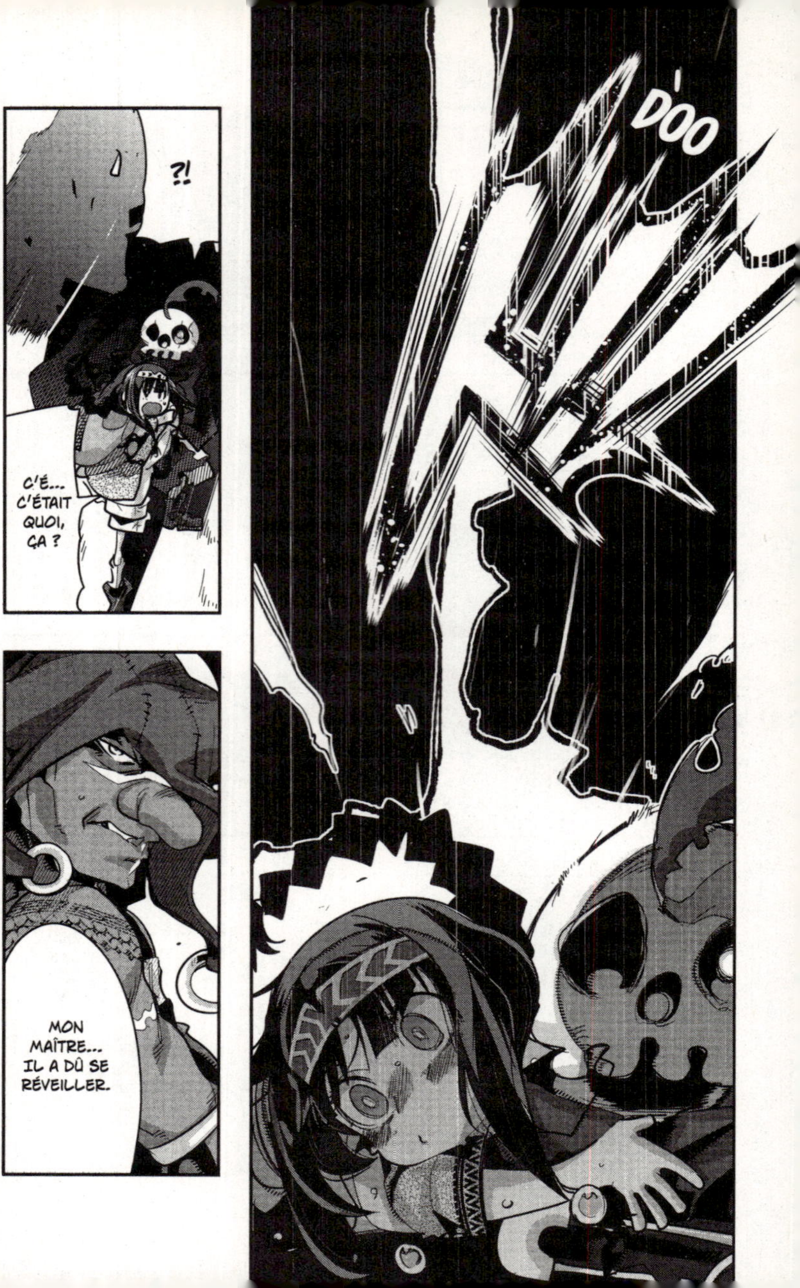
DOO
?!
C'É... C'ÉTAIT QUOI, ÇA ?
MON MAÎTRE... IL A DÛ SE RÉVEILLER.

RENTRONS, AVANT DE NOUS FAIRE PASSER UN SAVON.
ZAAA
À LA REVOYURE, MON CHER !
POF
AL...
TU AS L'AIR COMPLÈTE-MENT À PLAT...
SI ON RENTRAIT, NOUS AUSSI ?
BRR BRR
PAS ENCORE... JE DOIS EN AVOIR LE CŒUR NET.

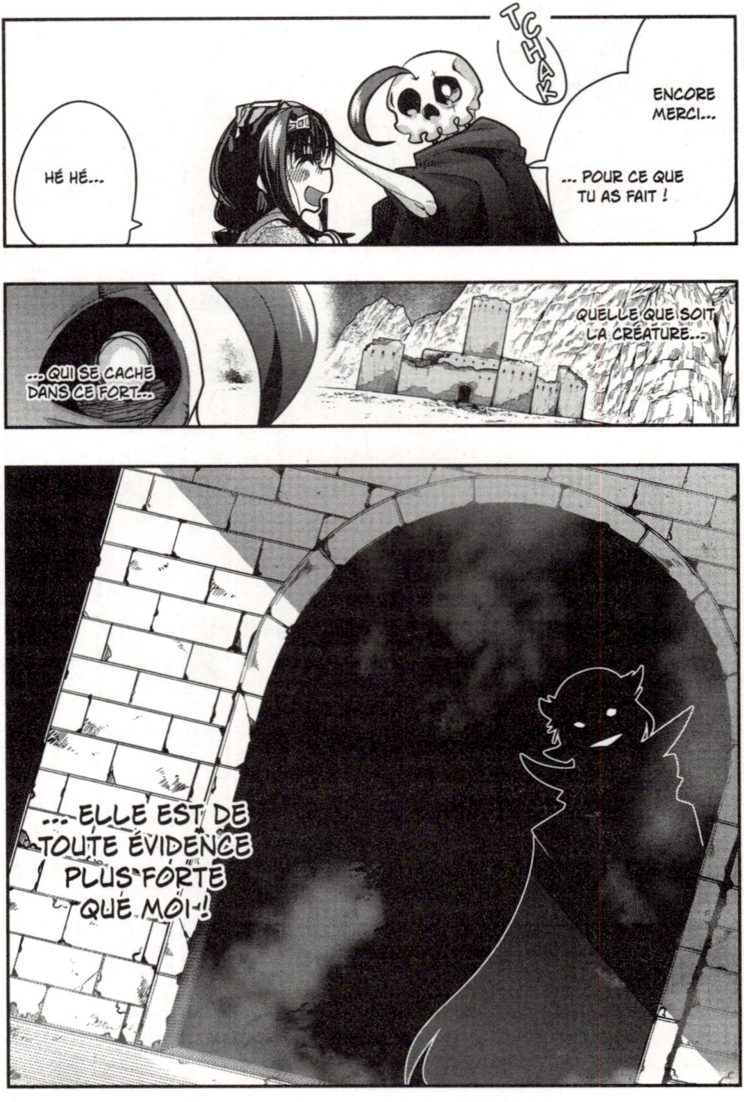
TCHAK
ENCORE MERCI...
... POUR CE QUE TU AS FAIT !
HÉ HÉ...
QUELLE QUE SOIT LA CRÉATURE...
... QUI SE CACHE DANS CE FORT...
... ELLE EST DE TOUTE ÉVIDENCE PLUS FORTE QUE MOI !

昔勇者で今は骨

Al le squelette

昔勇者で今骨

Al le squelette

JE TE REMERCIE DU FOND DU CŒUR D'AVOIR RAMENÉ HALBELLE SAINE ET SAUVE.
MAIS NOUS NE POUVONS PAS ACCÉDER À TA DEMANDE ET ÉVACUER LE VILLAGE.
JE NE POURRAI MALHEUREUSE-MENT PAS TOUS VOUS PROTÉGER.
CE QUI SE CACHE DANS LE FORT EST DIABOLIQUE-MENT FORT.
IL FAUDRAIT QUE L'ARMÉE NOUS VIENNE EN AIDE.
Village d'Ende
Bureau de l'Union
des paladins
POURQUOI TENEZ-VOUS TANT À RESTER DANS CE VILLAGE ?
...
JE CROIS QUE LE MOMENT DE TE DIRE LA VÉRITÉ EST ARRIVÉ.

NOUS SOMMES COMME TOI.
C'EST-À-DIRE ?
FRHH
NOUS SOMMES...
... MORTS !
TOUS LES ADULTES ET LES ENFANTS DU VILLAGE...
... SAUF HALBELLE !

Chapitre 13 Al sort le grand jeu ! (Partie 3)

Le squelette qui était un héros

C'EST QUOI, CETTE HISTOIRE DE FOUS ?!
TCHAK
COMMENT J'AI PU PASSER À CÔTÉ DE ÇA ?
TU AS ENTENDU PARLER DE L'ÉPIDÉMIE ?
OUI, PAR HALBELLE... MAIS ELLE M'A DIT QUE VOUS ÉTIEZ GUÉRIS.
C'EST LA SEULE SURVIVANTE.
TU CROIS VRAIMENT QU'UN VILLAGE ENTIER TOUCHÉ PAR UNE MYSTÉRIEUSE ÉPIDÉMIE ET SUR LE POINT DE DISPARAÎTRE À TOUT JAMAIS...
... PEUT REVENIR MIRACULEUSE-MENT À LA VIE ?

QUI VOUS A RAMENÉ À LA VIE ?
IL FAUT ÊTRE SACRÉMENT DOUÉ POUR MAINTENIR DES ZOMBIES (?) OPÉRATIONNELS À CE NIVEAU.
UNE SEULE PERSONNE A CE POUVOIR DANS NOTRE VILLAGE.
HALBELLE.
JE SAIS QUE ÇA PARAÎT FOU.
POURQUOI LA DIVINITÉ DE LA MORT L'A CHOISIE, ELLE ?!
JE SUIS CENSÉ ÊTRE MORT MAIS JE CONTINUE À VIVRE DANS CE MONDE, DANS UN CORPS FROID ET PLEINEMENT CONSCIENT DE CE QUI M'ARRIVE.
JE ME SOUVIENS CLAIREMENT DE CERTAINS DE MES COMPAGNONS DEVENUS DES FANTÔMES.
MAIS JE SUIS PHYSIQUEMENT TROP FAIBLE POUR QUITTER CE VILLAGE.
ぽあ
RFLL

TOI, AL, TU RESSENS LES POUVOIRS MAGIQUES QUI ENVAHISSENT CETTE RÉGION, N'EST-CE PAS ?
OUI... C'EST PARCE QUE LE VILLAGE EST CONSTRUIT SUR UNE VEINE DE DRAGON.
NON... C'EST JUSTE QUE LA NATURE EST PARTICULIÈREMENT PRÉSENTE, IL N'Y A PAS DE VEINE DE DRAGON.
C'EST HALBELLE QUI DÉGAGE CES POUVOIRS MAGIQUES.
EN JOURNÉE, ELLE SE RECHARGE EN ÉNERGIE POUR NOUS MAINTENIR FONCTIONNELS.
JE COMPRENDS MIEUX...
HÉ ! C'EST QUOI, CETTE FORCE ?!?
TECHNIQUEMENT, HALBELLE EST PARFAITE !

HALBELLE EST LA SEULE SURVIVANTE.
JE ME SOUVIENS D'ELLE, EN TRAIN DE COURIR DANS TOUS LES SENS POUR S'OCCUPER DE NOUS !
NOUS NE POUVONS PAS L'ABANDONNER !
SI NOUS SORTONS DE SA ZONE D'INFLUENCE, NOUS PERDRONS NOS ÂMES ET NOUS POURRIRONS.
NOUS SOMMES TOUS D'ACCORD SUR CE POINT, AL.
TU DOIS L'EMMENER LOIN D'ICI.
VOUS SEULS POUVEZ ÊTRE SAUVÉS !

ET VOUS, VOUS FEREZ QUOI ?
BAH, DE TOUTE FAÇON, NOUS SOMMES DÉJÀ MORTS.
J'AI ENCORE DANS LA BOUCHE LE GOÛT DU DERNIER VERRE D'EAU QU'ELLE M'A DONNÉ...
ELLE N'A PAS HÉSITÉ À ME L'APPORTER, ALORS QUE J'ÉTAIS CONTAGIEUSE.

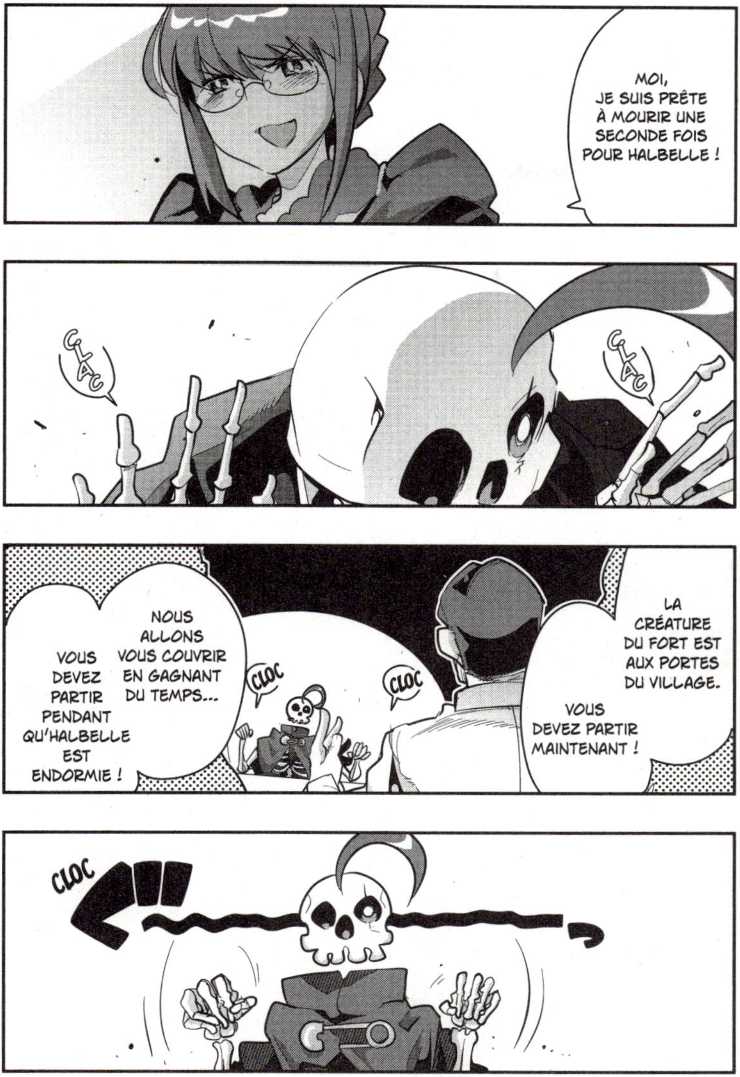
MOI, JE SUIS PRÊTE À MOURIR UNE SECONDE FOIS POUR HALBELLE !
CLAC
CLAC
LA CRÉATURE DU FORT EST AUX PORTES DU VILLAGE.
VOUS DEVEZ PARTIR MAINTENANT !
CLOC
CLOC
NOUS ALLONS VOUS COUVRIR EN GAGNANT DU TEMPS...
VOUS DEVEZ PARTIR PENDANT QU'HALBELLE EST ENDORMIE !
CLOC

HORS DE...
PLOC
... QUES-TION !
HEIN ?
TU AS ÉCOUTÉ CE QUE NOUS T'AVONS DIT ?
JE RÉPÈTE...
C'EST HORS-DE-QUESTION !

JE VOUS AI EXPLIQUÉ MON PARCOURS, NON ?
OUI... TU NOUS AS DIT QUE TU AVAIS SAUVÉ ALVIS LE PALADIN...
BAA ば
EH BIEN, C'ÉTAIT UN MEN-SONGE !
VOUS SAVEZ CE QUE C'EST ÇA ? UN CROC DE DISPATER...
... UN DES DIX DRAGONS DÉCHUS QUI ÉTAIENT AUX ORDRES DU ROI DES DÉMONS.
UN DRAGON SOLDAT ?
DISPATER...
ÇA ME DIT QUELQUE CHOSE... C'EST LE DERNIER DRAGON QUE LES PALADINS ONT EXTERMI-NÉ, NON ?
POURQUOI AS-TU UN DE SES CROCS ?
AL...
QUI ÉTAIS-TU, AVANT DE MOURIR ?

ALVIS ALBERS...
J'ÉTAIS PALADIN !
JE NE SUIS PLUS HUMAIN, CERTES, MAIS MES MOTIVATIONS RESTENT LES MÊMES !
ÊTES-VOUS PRÊTS À VOUS BATTRE ?

ざわざわざわざわざわ
BLA BLA BLA
JE N'ARRIVE PAS À CROIRE QUE TU ÉTAIS UN PALADIN...
AVONS-NOUS UNE CHANCE DE GAGNER ?
BIEN SÛR ! C'EST UN PALADIN QUI A TERRASSÉ LE ROI DES DÉMONS !
LA CRÉATURE DU FORT EST PEUT-ÊTRE PUISSANTE, MAIS ON PEUT Y ARRIVER !
TU CONFIRMES, AL ?!
C'EST-À-DIRE QUE... ELLE EST PLUS FORTE QUE MOI...
JE NE SUIS QU'À MOITIÉ DE MES CAPACITÉS, DEPUIS QUE JE SUIS MORT.
SÉRIEUX ?!?

SI LES ORK SONT À SES ORDRES, C'EST QUE CETTE CRÉATURE EST PARTICULIÈREMENT DÉMONIAQUE.
ET SI ELLE A DES CAPACITÉS DE NÉCROMANCIE, JE SUPPOSE QUE CE DOIT ÊTRE UN VAMPIRE.
BIEN VU ! TOI, TU AS LU LA « GRANDE ENCYCLOPÉDIE DES CRÉATURES DÉMONIAQUES » QUE J'AI SUPERVISÉE QUAND J'ÉTAIS VIVANT...
YEAH !
HOP
OUI, J'AI LA PREMIÈRE ÉDITION...
QUELS QUE SOIENT SES POUVOIRS, NOTRE ADVERSAIRE EST UN MORT-VIVANT... NOUS DEVRIONS POUVOIR EN VENIR À BOUT GRÂCE À MA LAME DIVINE OU À MES POUVOIRS MAGIQUES !
MAIS POUR Y PARVENIR, JE DOIS L'APPROCHER ET L'AFFRONTER SEUL À SEUL.
SCRITCH SCRITCH
TIENS, JE TE LA SIGNE...
J'AURAIS DONC BESOIN DE VOUS POUR RETENIR LA TRENTAINE DE ZOMBIES QUI LA PROTÈGE !

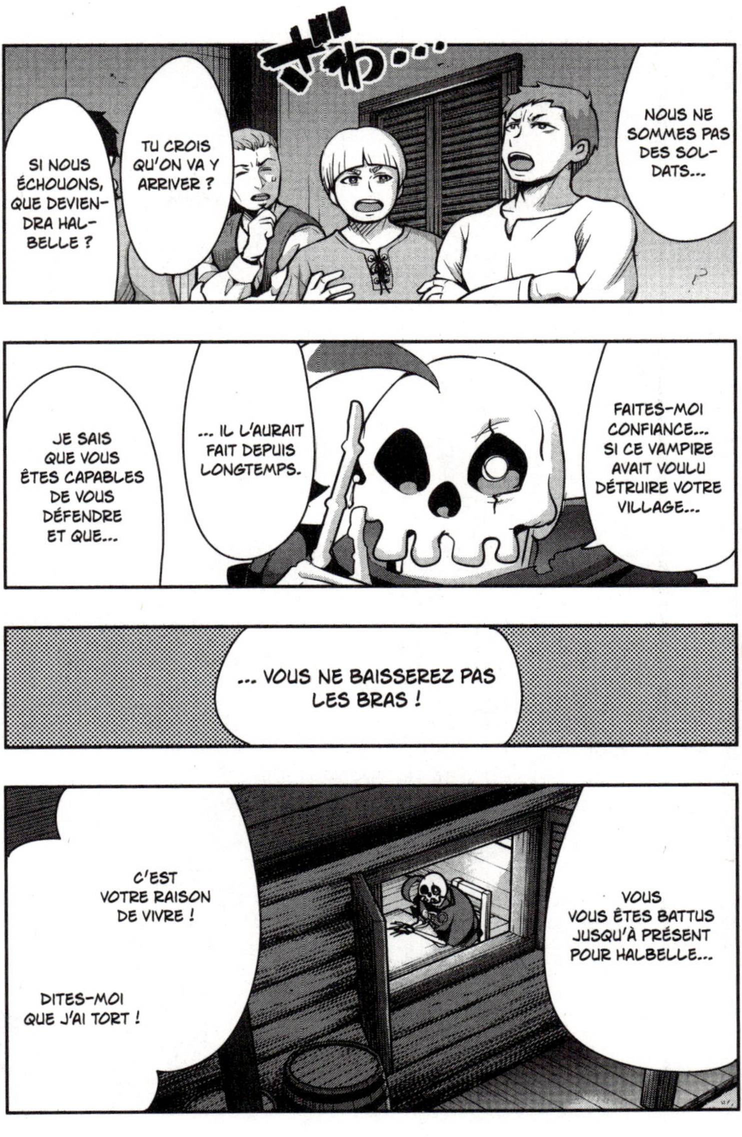
ざわ…
NOUS NE SOMMES PAS DES SOLDATS...
TU CROIS QU'ON VA Y ARRIVER ?
SI NOUS ÉCHOUONS, QUE DEVIENDRA HALBELLE ?
FAITES-MOI CONFIANCE... SI CE VAMPIRE AVAIT VOULU DÉTRUIRE VOTRE VILLAGE...
... IL L'AURAIT FAIT DEPUIS LONGTEMPS.
JE SAIS QUE VOUS ÊTES CAPABLES DE VOUS DÉFENDRE ET QUE...
... VOUS NE BAISSEREZ PAS LES BRAS !
VOUS VOUS ÊTES BATTUS JUSQU'À PRÉSENT POUR HALBELLE...
C'EST VOTRE RAISON DE VIVRE !
DITES-MOI QUE J'AI TORT !

CEUX QUI ONT RENONCÉ ONT QUITTÉ LE VILLAGE ET ILS SONT MONTÉS AU CIEL.
EN EFFET...
MAIS VOUS, VOUS POUVEZ RESTER ICI.
VOUS NE GÊNEZ PERSONNE !
VOUS DEVEZ RESTER POSITIFS !
JE VOUS AIDERAI CAR MOI AUSSI, JE TIENS À HALBELLE.
D'AILLEURS, COMME ELLE LE DIT SI BIEN...
« AL EST AVEC NOUS ET ON DOIT VIVRE AVEC LUI ! »
LA CONSTEL-LATION AL ...

TOC TOC
!
TAA
HALBELLE, TU ES RÉVEILLÉE ?
KYAAA
EUH... OUI...
JE... JE VIENS JUSTE DE ME RÉVEILLER, TU ME DONNES 5 MINUTES ?
はっ!
VLAAA
CLAANG CLAANG
TU ES TRÈS BIEN, ALLEZ !
NON ! JE NE SUIS PAS COIFFÉE ET J'AI LE VISAGE TOUT GONFLÉ !
AUCUNE DÉLICATESSE
CE N'EST PAS GRAVE ! REGARDE, MOI... PAS DE CHEVEUX ET PAS DE VISAGE !
CLAANG

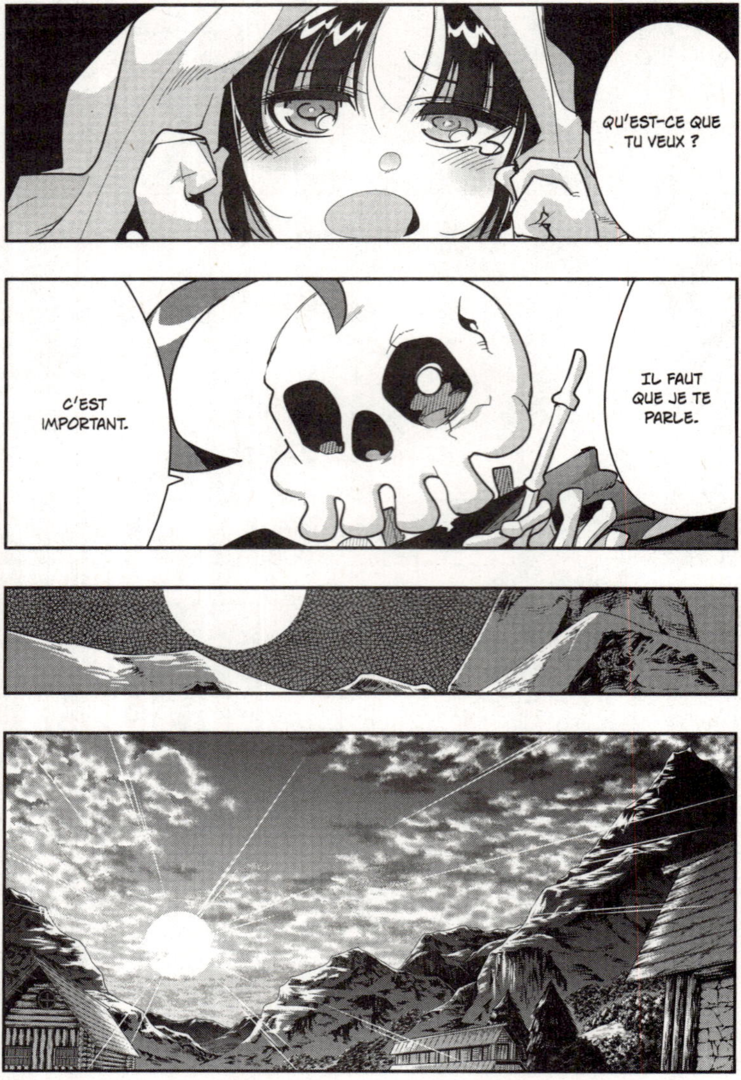
QU'EST-CE QUE TU VEUX ?
IL FAUT QUE JE TE PARLE.
C'EST IMPORTANT.

QU'EST-CE QUE C'EST QUE CE BOUCAN ?
KYAA ! AAAH !
AMENEZ-LE-MOI !
JE NE SAIS PAS TROP... IL PARAÎT QU'UNE FEMME PALADIN VIENT DE DÉBARQUER...
ET ELLE VEUT TE VOIR !
HEIN ?
!
MIKTRA, C'EST TOI ?
AL ! TE VOILÀ ! JE SAVAIS QUE JE TE TROUVERAIS LÀ !
TU NE POUVAIS PAS MIEUX TOMBER !
?

BONJOUR ET BIENVENUE
TU VAS ME FORMER ILLICO CES GENS AU MANIEMENT DE LA LANCE !
EUH, D'ACCORD... MAIS ILS SONT SUPER NOMBREUX.
AU FAIT, QU'EST-CE QUE TU FAIS LÀ ?
JE N'ALLAIS PAS RESTER À SECKMER !
TU SAIS, LA BOULE DE CRISTAL QUE TU M'AS DONNÉE...
ELLE A PLUS DE VALEUR QUE TU NE LE PENSAIS, ON AURAIT PU CONSTRUIRE UN CHÂTEAU AVEC !
ET MOI, JE N'ÉTAIS PAS SÛRE DE MÉRITER UN TEL TRÉSOR !
TU ES VRAIMENT UNE BRAVE FILLE.
TU ME PRENDS POUR UNE IDIOTE ?
PAS DU TOUT, C'EST UN COMPLI-MENT !
HÉ HÉ HÉ...

ALLEZ, À TOI DE JOUER !
ET SOIS DIGNE DE L'ENSEIGNEMENT DE DÉO !
FAIS-MOI CONFIANCE ! TU NE SERAS PAS DÉÇU !
ILS SONT ENTRE DE BONNES MAINS.
ELLE EST MOTI-VÉE...
UN !
DEUX !
UN !
JE VAIS POUVOIR EN PROFITER...
... POUR FAIRE DES REPÉRAGES.

TESTE TESTE

HU-HUM...
BIENVENUE AU CHÂTEAU DU PALADIN, PLUS HAUT QUE LE CIEL ! MAJESTUEUSE BÂTISSE QUI DÉFIE LES VENTS ET LES NUAGES !
HEIN ?
ずこぉ
WAAAA
わあぁ…！
JE PLAISANTE...
VOUS ALLEZ VOUS POSTER À L'ENTRÉE DU VILLAGE ET EMPÊCHER TOUTE CRÉATURE D'Y ACCÉDER.
CE NE SERA PAS FACILE ET VOUS ALLEZ DEVOIR FAIRE PREUVE D'ENDURANCE.
NOS ADVERSAIRES SONT DES ZOMBIES ET DES GOULES.
JE VAIS M'OCCUPER DES GOULES, AUTANT QUE JE PEUX.

DÈS QUE J'AURAI REPÉRÉ LEUR MAÎTRE, JE FONCERAI VERS LE FORT AVEC L'AIDE DE MIKTRA.
VOUS, VOUS ATTENDREZ QUE JE REVIENNE AVEC SA TÊTE.
BON, DE TOUTE FAÇON...
... LE PIRE QUI PUISSE NOUS ARRIVER, C'EST DE MOURIR UNE SECONDE FOIS.
MAIS CE NE SERA PAS AUSSI AFFREUX QUE D'ÊTRE AFFAIBLI PAR UNE MALADIE, DE PERDRE TOUT SON SANG OU D'AVOIR LE CŒUR ARRACHÉ SELON UN RITUEL DE MAGIE NOIRE !
AH
WAHAHAHA
わはははははは
AL A RAISON !
C'ÉTAIT INSUPPORTABLE !
MOI, J'AI CRACHÉ UNE TELLE QUANTITÉ DE SANG QUE J'AURAIS PU REMPLIR DEUX BARILS À RAS BORD !
FRANCHEMENT, QU'EST-CE QU'IL Y A DE SI DRÔLE ?
DOO

お————っ!!
OOOOOOOH !!
SI NOTRE TACTIQUE S'AVÈRE TROP IMPRUDENTE, NOUS PARTIRONS MIKTRA ET MOI AVEC HALBELLE, SOYEZ-EN CERTAINS !
MAINTE-NANT, EN POSITION !
TCHAK
TCHAK
ALORS ?
POF !
GLOUPS
OÙ EST L'ENNEMI ?
JE CROIS...
GZZ GZZ...
... QU'IL EST LÀ !

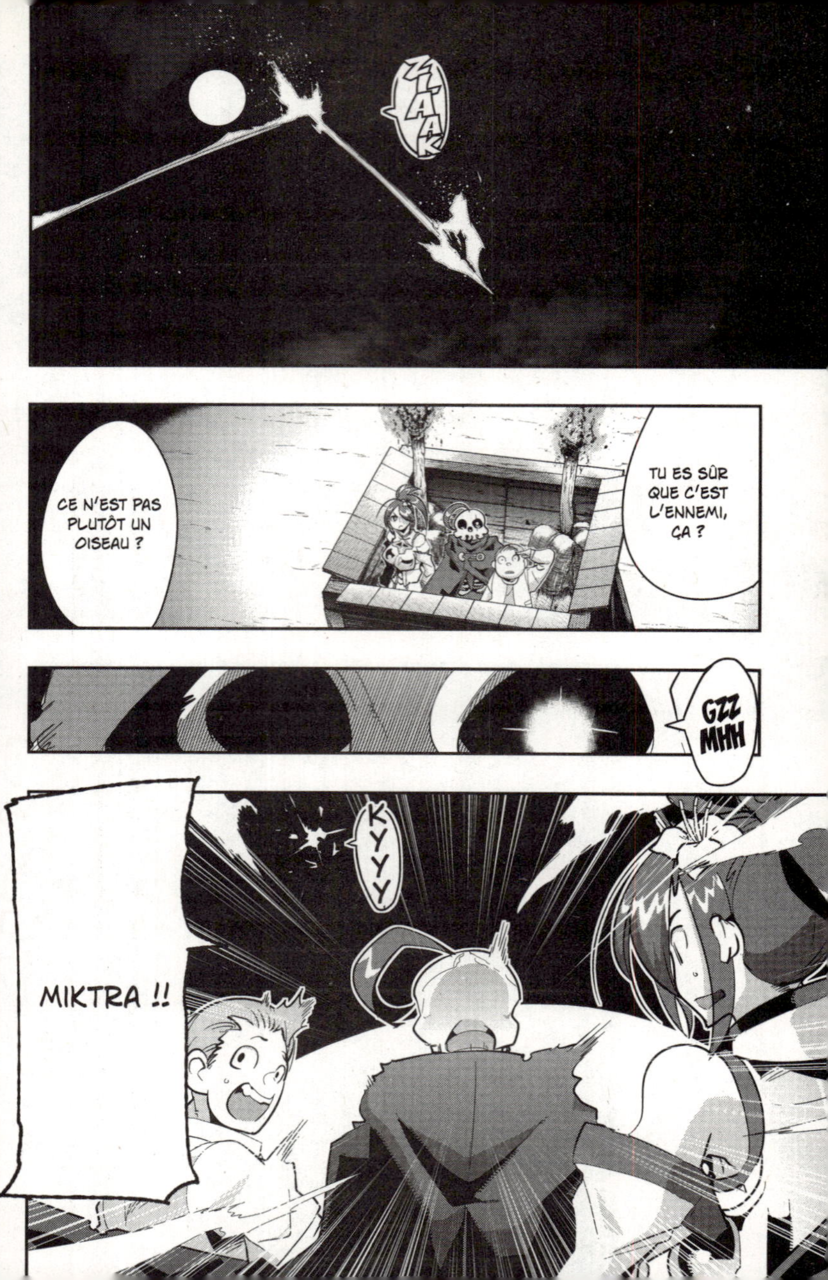
ZIAAK
TU ES SÛR QUE C'EST L'ENNEMI, ÇA ?
CE N'EST PAS PLUTÔT UN OISEAU ?
GZZ MHH
KYYY
MIKTRA !!

ON Y VA ?
NON ! CHANGEMENT DE PROGRAMME !
KYYYY
C'EST UNE ATTAQUE POUR BRISER NOS RANGS !
ZLAK
BIEN REÇU !
FROCH
MAGIE IMPULSIVE DANS LES JAMBES, DANS LES BRAS...
CETTE FILLE EST UN GÉNIE !
FROCH

BLAAAM
YIOUUU
YIOUUU
YIOUUU
KYYYY
HÉÉÉ!
KYYYY
MOUOOOOOOOO
KLUK

ド
DOOO
キュッ
YOUUU

UNE VOUIVRE NOIRE ?!?
KYAA
RIEN À VOIR AVEC CELLE QUE J'AI VUE HIER...
JE N'AI PAS D'AUTRE CHOIX QUE DE TRANCHER !
ZRAACH

ZRHAK
BIEN JOUÉ, MIKTRA...
TU AS ASSURÉ...
... COMME UN CHEF !
BRAVO !

TU ES UNE VRAIE MENEUSE D'HOMMES !
BOOO
DR

PLAA...
FRSH
PLAA
RETOURNE AVEC LES AUTRES...
UN VAMPIRE CAPABLE DE SE TRANSFORMER EN VOUIVRE NOIRE N'EST PAS UN ADVERSAIRE COMME LES AUTRES.
HÉ HÉ HÉ...
HÉ HÉ HÉ HÉ HÉ HÉ HÉ HÉ...
SPLOOP

J'AI DONC ÉCHOUÉ AVEC LES ORK...
JE N'AURAIS JAMAIS DÛ LES TRANSFORMER EN MORTS-VIVANTS.
SHUUUU
TANT PIS ! MAINTENANT, IL FAUT PASSER À LA SUITE !

TU T'EXCUSERAS AUPRÈS DES ORK QUAND JE T'ENVERRAI LES REJOINDRE !
NON... C'EST TOI QUI LEUR DÉLIVRERAS UN MESSAGE DE MA PART...
FFR

TU LEUR DIRAS QUE SECKEL, L'ANGE EXTERMINATEUR ET CHEF DES TROUPES DES ÂMES DAMNÉES...
...LEUR FAIT...
... SES PLUS PLATES...
... EXCUSES !

Chap. 14 ✖ Al sort le grand jeu ! (Partie 4)

Le squelette qui était un héros.

Fiche « VAMPIRE »
(Niveau d'animosité envers les humains... S. C'est le prédateur le plus redoutable)
C'est, avec le zombie, le plus célèbre des morts-vivants. Mais il est beaucoup plus fort.
Le VAMPIRE est solide, il a des pouvoirs magiques et il est intelligent.
Aucun autre créature démoniaque ne lui arrive à la cheville.
Son pouvoir le plus puissant, c'est qu'il peut faire de ses victimes des morts-vivants à son image après leur avoir sucé le sang et ainsi créer une armée capable de décimer des villes entières. Le VAMPIRE est nuisible.
Mais il a des points faibles : la lumière du soleil, les balles en argent, l'eau bénite. Malheureusement, ces armes sont peu efficaces sur un SEIGNEUR VAMPIRE. Les attaques physiques non plus, d'ailleurs. Le SEIGNEUR VAMPIRE a des pouvoirs de nécromancien : il manipule les morts-vivants à sa guise, il se nourrit de leur force, il est leur maître incontesté.
Le commentaire d'Al : « Frapper en premier avec un accessoire sacré car parlementer avec un VAMPIRE est inefficace. Recommencer l'opération jusqu'à ce qu'il devienne un tas de cendres. »

UN ANGE EXTERMINATEUR ?
MINCE... IL VA FALLOIR JOUER SERRÉ.
LES ANGES EXTERMINATEURS
SONT AU NOMBRE DE 10, CE SONT LES PLUS PUISSANTS GÉNÉRAUX...
... DE L'ARMÉE DES OMBRES D'ORDEN LE MALÉFIQUE.
DISPATER...
KERBERA...
MUMFS...
WADATSU...
IZANOM...
CES CINQ-LÀ, ALVIS ET SES HOMMES LES ONT TUÉS PENDANT LA GUERRE.

ILS COMMANDAIENT DES TROUPES AUSSI PUISSANTES...
... QU'ALVIS ET SES COMPAGNONS.
D'AILLEURS, ALVIS A DÉPLORÉ UN NOMBRE DE VICTIMES IMPORTANT DANS SES RANGS EN SE BATTANT CONTRE EUX.
LE CHEF DES TROUPES DES ÂMES DAMNÉES...
JE NE LE CONNAISSAIS PAS, CELUI-LÀ.
IL A L'AIR TRÈS PUISSANT.

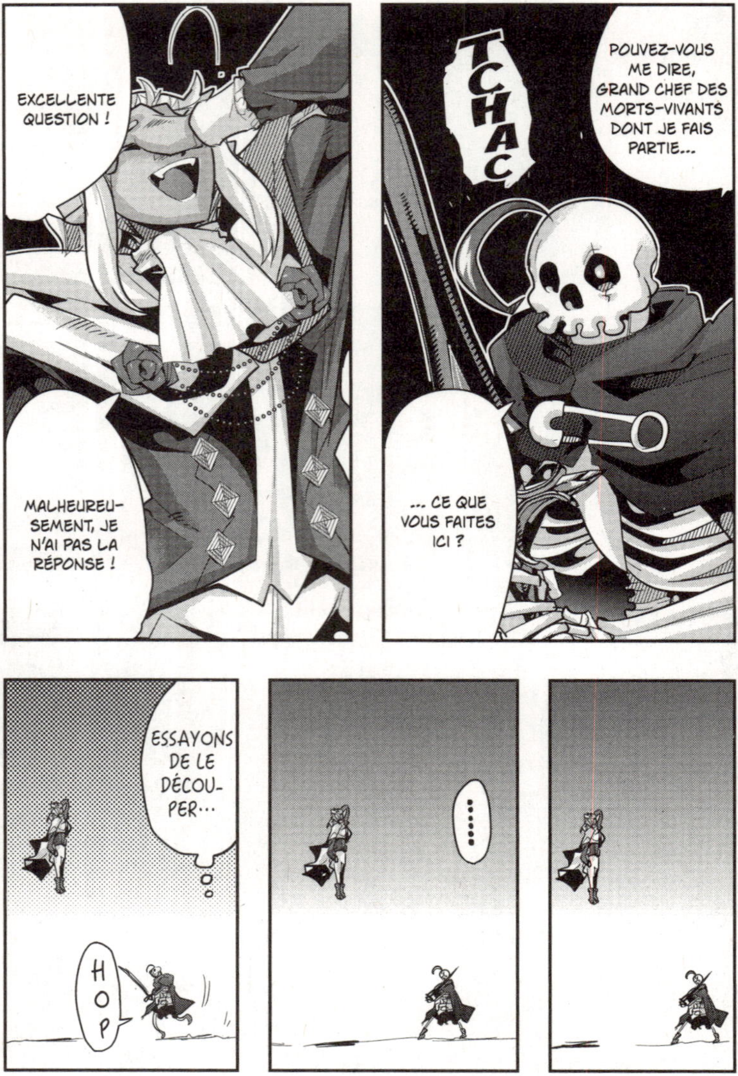
TCHAC
POUVEZ-VOUS ME DIRE, GRAND CHEF DES MORTS-VIVANTS DONT JE FAIS PARTIE...
... CE QUE VOUS FAITES ICI ?
EXCELLENTE QUESTION !
MALHEUREU-SEMENT, JE N'AI PAS LA RÉPONSE !
......
ESSAYONS DE LE DÉCOU-PER...
HOP

C'ÉTAIT IL Y A 3 ANS !
FICHTRE ! IL M'A FAIT PEUR !
RAAH
わ～
RAAH
わ～
LA CHUTE D'ORDEN A PLONGÉ NOTRE COMMUNAUTÉ DANS LE CHAOS ! J'AI DÛ ME RÉFUGIER À PALKIA...
... ENCERCLÉ PAR L'ARMÉE DES CINQ NATIONS !
CE FUT UNE GUERRE SANGLANTE !
MON ARMÉE D'ÂMES DAMNÉES A ÉTÉ DÉCHIQUETÉE...
FLAP
FLAP
GRR
GRR
FLAP
FLAP
... PAR L'ESCOUADE DE DESTRUCTION !!!
L'ESCOUADE DE DESTRUCTION ?

L'ESCOUADE DE DESTRUCTION EST UNE DES PLUS PUISSANTES ARMÉES, ELLE EST CONSTITUÉE EN GRANDE PARTIE PAR LES « MARUTS », LES ADORATEURS DE LA DÉESSE MARDU.
CE SONT D'EXCELLENTS COMBATTANTS QUI MAÎTRISENT L'ART DE LA GUERRE ET DES TECHNIQUES DE MAGIE SACRÉE.
JE NE CONNAIS EFFECTIVEMENT PAS D'ARMÉE PLUS PUISSANTE QUE L'ESCOUADE DE DESTRUCTION ET...
... JE NE SUIS PAS SURPRIS QU'ELLE AIT BATTU LA TIENNE À PLATE COUTURE, SURTOUT AVEC LE SOUTIEN DE L'ARMÉE DES CINQ NATIONS.
APRÈS LA DÉFAITE, TU T'ES DONC RÉFUGIÉ ICI ?
OUI ! MAIS AVANT, J'AI ARRACHÉ LA TÊTE DE LEUR MENEUR DE MES PROPRES MAINS !
ÇA T'EN BOUCHE UN COIN, HEIN ?
RAAH
CE FAIT D'ARMES...
... AURAIT DÛ ME PERMETTRE DE MONTER DANS LA HIÉRARCHIE...
... MAIS J'AI PRÉFÉRÉ...

... ÉCONOMISER MES FORCES POUR CONSTRUIRE UNE NOUVELLE ARMÉE AVEC LES HABITANTS DE CETTE RÉGION ET LES SURVIVANTS DE MA DÉFAITE... L'AVÈNEMENT D'UN NOUVEAU ROI EST PROCHE...
TAK
UN NOUVEAU ROI ? DE QUOI TU PARLES ?
MAINTENANT QU'ORDEN LE MALÉFIQUE N'EST PLUS...
... IL FAUT QU'UN DES 10 ANGES EXTERMINATEURS RESTANT INSTAURE UN NOUVEL ORDRE.
ET JE SUIS LE PLUS APTE À MENER CETTE MISSION À BIEN, PUISQUE JE SUIS IMMORTEL !

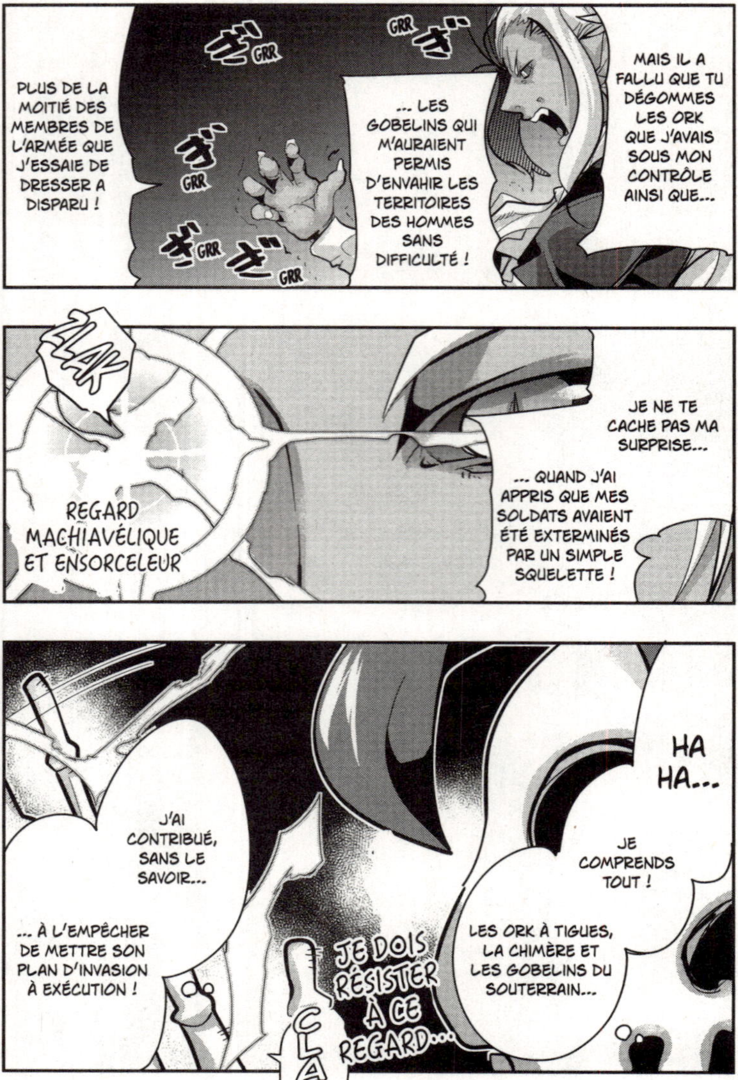
GRR
MAIS IL A FALLU QUE TU DÉGOMMES LES ORK QUE J'AVAIS SOUS MON CONTRÔLE AINSI QUE...
... LES GOBELINS QUI M'AURAIENT PERMIS D'ENVAHIR LES TERRITOIRES DES HOMMES SANS DIFFICULTÉ !
GRR
GRR
GRR
GRR
PLUS DE LA MOITIÉ DES MEMBRES DE L'ARMÉE QUE J'ESSAIE DE DRESSER A DISPARU !
JE NE TE CACHE PAS MA SURPRISE...
... QUAND J'AI APPRIS QUE MES SOLDATS AVAIENT ÉTÉ EXTERMINÉS PAR UN SIMPLE SQUELETTE !
ZLAK
REGARD MACHIAVÉLIQUE ET ENSORCELEUR
HA HA...
JE COMPRENDS TOUT !
LES ORK À TIGUES, LA CHIMÈRE ET LES GOBELINS DU SOUTERRAIN...
JE DOIS RÉSISTER À CE REGARD...
CLAC
J'AI CONTRIBUÉ, SANS LE SAVOIR...
... À L'EMPÊCHER DE METTRE SON PLAN D'INVASION À EXÉCUTION !

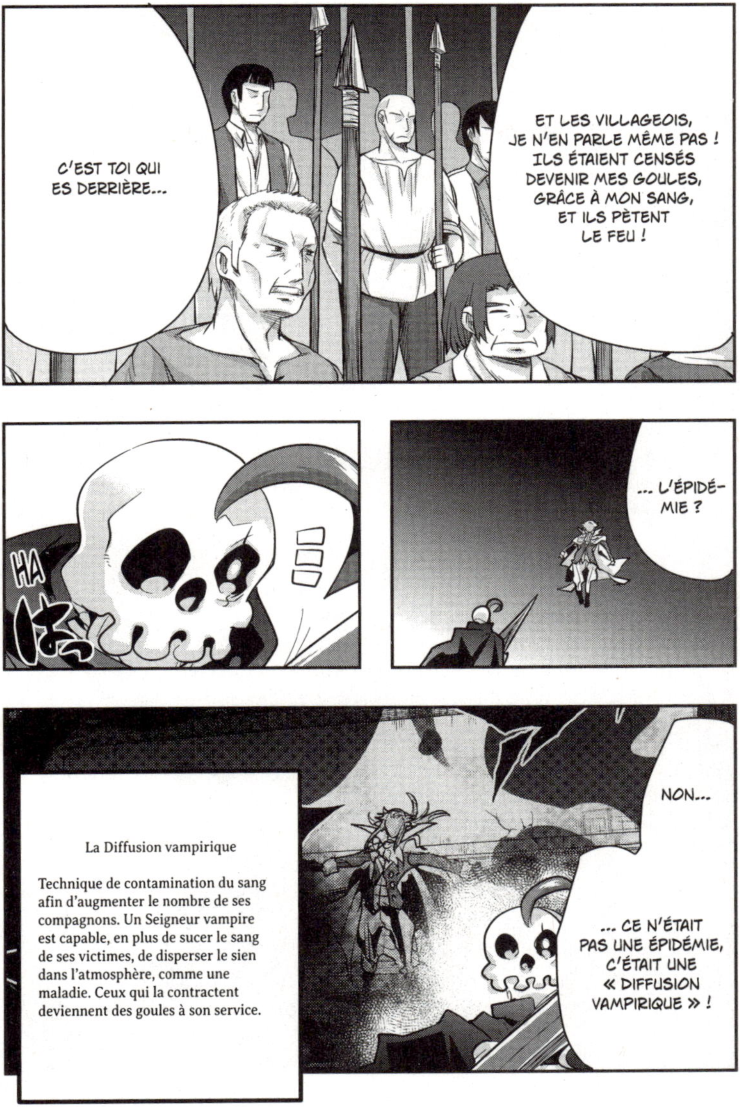
ET LES VILLAGEOIS, JE N'EN PARLE MÊME PAS ! ILS ÉTAIENT CENSÉS DEVENIR MES GOULES, GRÂCE À MON SANG, ET ILS PÈTENT LE FEU !
C'EST TOI QUI ES DERRIÈRE...
... L'ÉPIDÉ-MIE ?
HA
はっ
NON...
... CE N'ÉTAIT PAS UNE ÉPIDÉMIE, C'ÉTAIT UNE « DIFFUSION VAMPIRIQUE » !
La Diffusion vampirique
Technique de contamination du sang afin d'augmenter le nombre de ses compagnons. Un Seigneur vampire est capable, en plus de sucer le sang de ses victimes, de disperser le sien dans l'atmosphère, comme une maladie. Ceux qui la contractent deviennent des goules à son service.

EXCELLENTE ANALYSE !
JE N'AI PAS COMPRIS AU DÉBUT COMMENT UN VILLAGE AUSSI MINUSCULE ÉTAIT CAPABLE...
ぽん PON ぽん PON ぽん PON
... DE FAIRE INJURE À MA PUISSANCE !
JE NE PEUX PAS CROIRE QUE TU SOIS UN SIMPLE SQUELETTE... TU ES BIEN PLUS QUE ÇA, N'EST-CE PAS ?
JE NE TE DIRAI RIEN !
LAME ONDOYANTE !

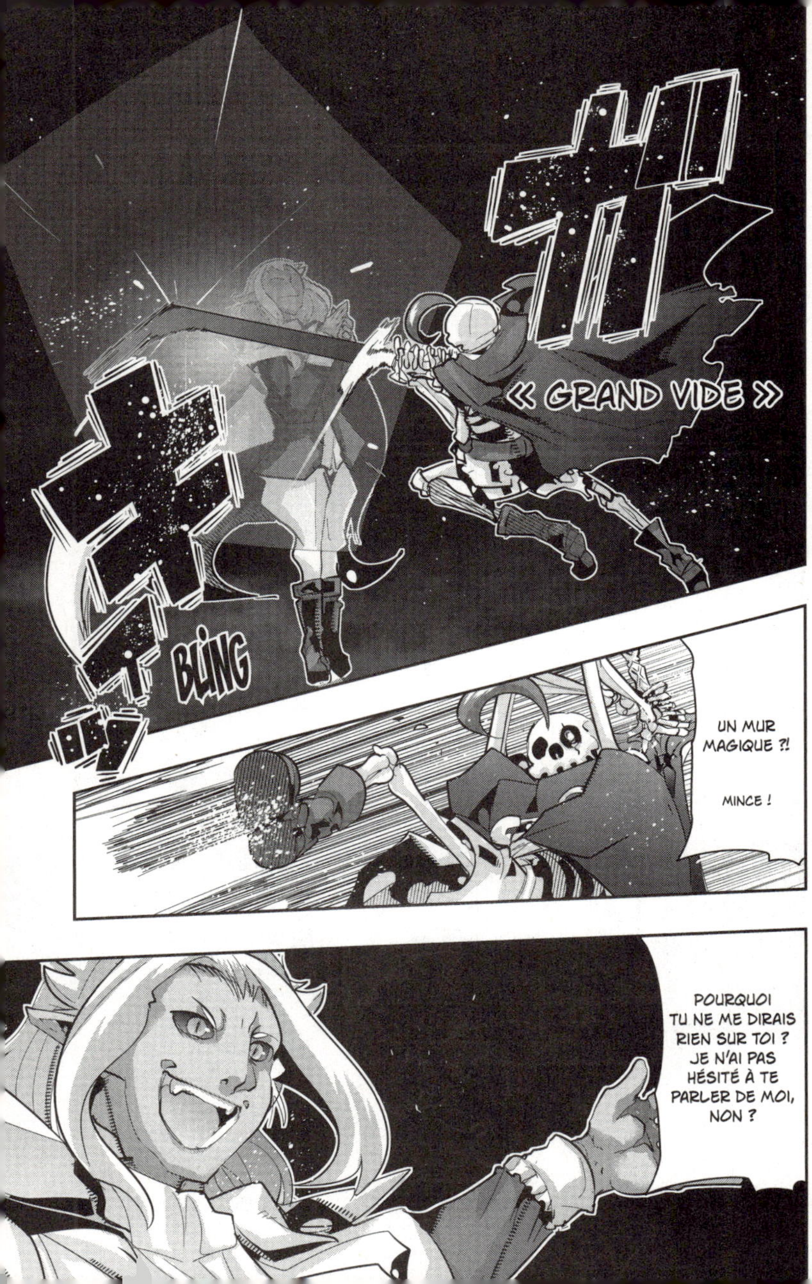
« GRAND VIDE »
BLING
UN MUR MAGIQUE ?!
MINCE !
POURQUOI TU NE ME DIRAIS RIEN SUR TOI ? JE N'AI PAS HÉSITÉ À TE PARLER DE MOI, NON ?

JE TE RACONTERAI MA VIE AU MOMENT DE REFERMER TA TOMBE SUR TOI !
LAME ONDOYANTE SACRÉE, DÉLIVRANCE !
PAAAA
C'EST QUOI ÇA, ENCORE ? UNE ÉPÉE MAGIQUE ?
ÇA ME FATIGUE, TOUT ÇA...
UNE ÉPÉE SACRÉE EST CAPABLE D'ATTIRER DES POUVOIRS MAGIQUES SUFFISANTS POUR TUER UN MORT-VIVANT...
AVEC ÇA, JE DEVRAIS Y ARRIVER...

MA NOUVELLE ARMÉE EST EN TRAIN D'AVANCER VERS LE VILLAGE.
ZAAAA
ZAAAA
ELLE EST MOINS IMPORTANTE QUE LA PRÉCÉDENTE, SOIT, MAIS TU NE POURRAS PAS INTERVENIR PUISQUE TU ES LÀ !
ET JE SUIS PLUS PUISSANT QUE TOI !
TU N'AS PLUS...
... QU'À TE RENDRE !
JE ME MONTRERAI INDULGENT.
ZZZ
ALORS ?
ZZZ
ZAAA
ZAAA
TU ES CERTAINEMENT PLUS PUISSANT QUE MOI MAIS...

RAAA
SI LES PLUS FORTS GAGNENT TOUJOURS, POURQUOI ORDEN N'A PAS SURVÉCU ?!?

BRRRI
DOO
DOO
VLOUF
JE SUIS CONTENTE DE SAVOIR QUE TOUT LE MONDE VA BIEN...
NON... TOUT LE MONDE VA MAL...
ILS SONT MORTS !

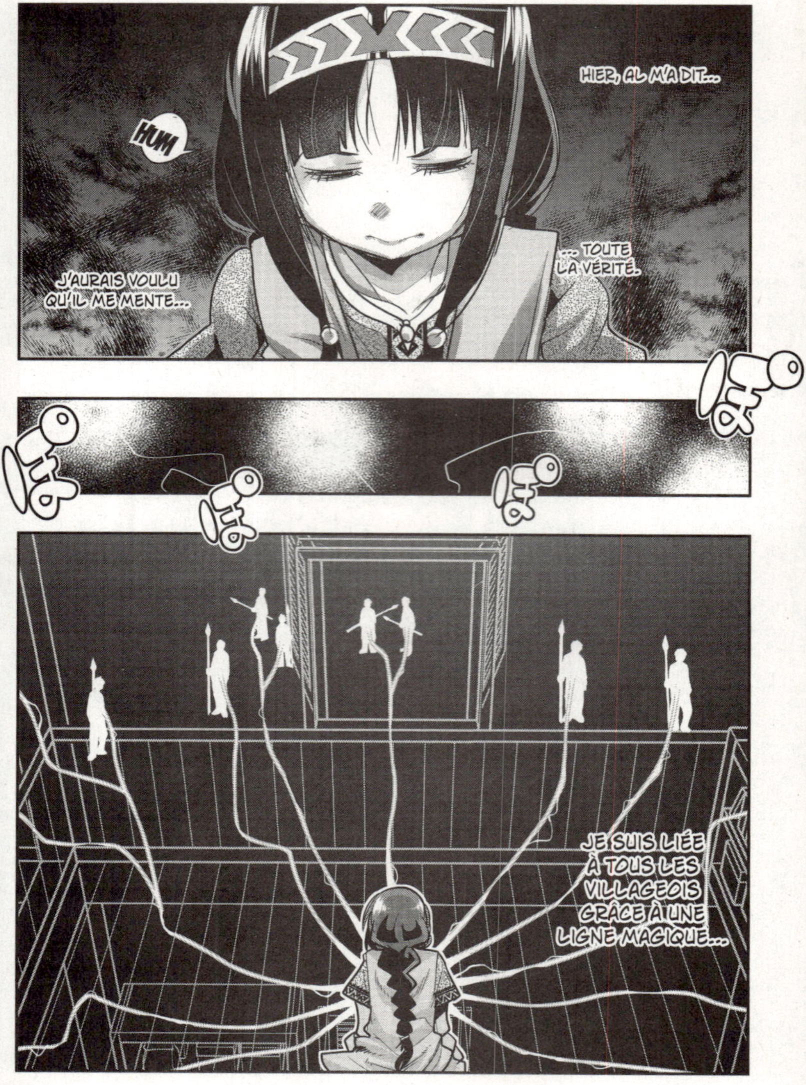
HIER, AL M'A DIT...
... TOUTE LA VÉRITÉ.
HUM
J'AURAIS VOULU QU'IL ME MENTE...
JE SUIS LIÉE À TOUS LES VILLAGEOIS GRÂCE À UNE LIGNE MAGIQUE...

TU VOIS DE QUOI JE PARLE ? TU RESSENS CETTE CONNEXION ?
C'EST FAUX...
LES ENFANTS AUSSI SONT MORTS ?
ARUN ET MEI, LES FILLES DES CANTIR ?
LE BÉBÉ DE LA FAMILLE CHEMINO ?
DIS-MOI QUE CE N'EST PAS VRAI !
JE SAIS... C'EST DUR À ENCAISSER...

TU AURAIS PRÉFÉRÉ NE PAS SAVOIR ?
NON...
NON !
SÛREMENT PAS !
ALORS, TU DOIS FAIRE UN CHOIX, MAINTENANT.
TOUS LES VILLAGEOIS VEULENT QUE TU VIVES.
LA PREMIÈRE OPTION QUE TU AS, C'EST DE T'ENFUIR AVEC MOI.

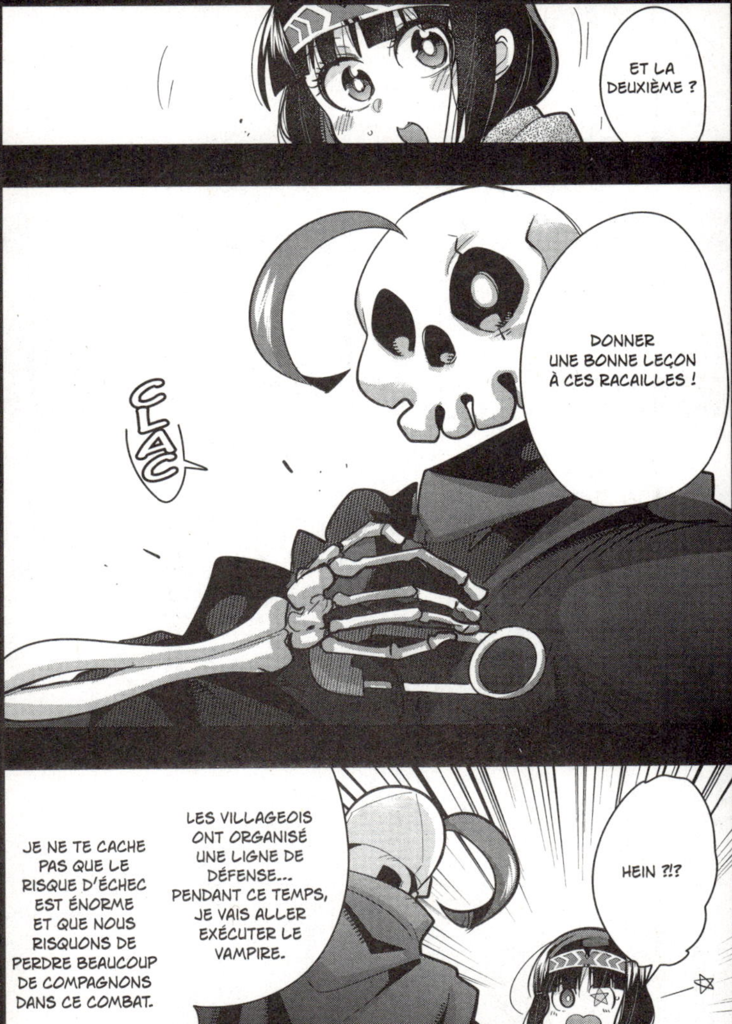
ET LA DEUXIÈME ?
DONNER UNE BONNE LEÇON À CES RACAILLES !
CLAC
HEIN ?!?
LES VILLAGEOIS ONT ORGANISÉ UNE LIGNE DE DÉFENSE... PENDANT CE TEMPS, JE VAIS ALLER EXÉCUTER LE VAMPIRE.
JE NE TE CACHE PAS QUE LE RISQUE D'ÉCHEC EST ÉNORME ET QUE NOUS RISQUONS DE PERDRE BEAUCOUP DE COMPAGNONS DANS CE COMBAT.

MAIS IL EST ENCORE TEMPS DE RECULER.
CLAC
CLAC
IL Y AURA DES VICTIMES DANS LES DEUX CAS.
FRATCH
TU FAIS CE QUE TU VEUX MAIS...
... CE COMBAT, C'EST LE TIEN ET CELUI DU VILLAGE !
SI TU ES PRÊTE À ÉRADIQUER CETTE VERMINE...
... JE T'AIDERAI, DE TOUTE FAÇON !

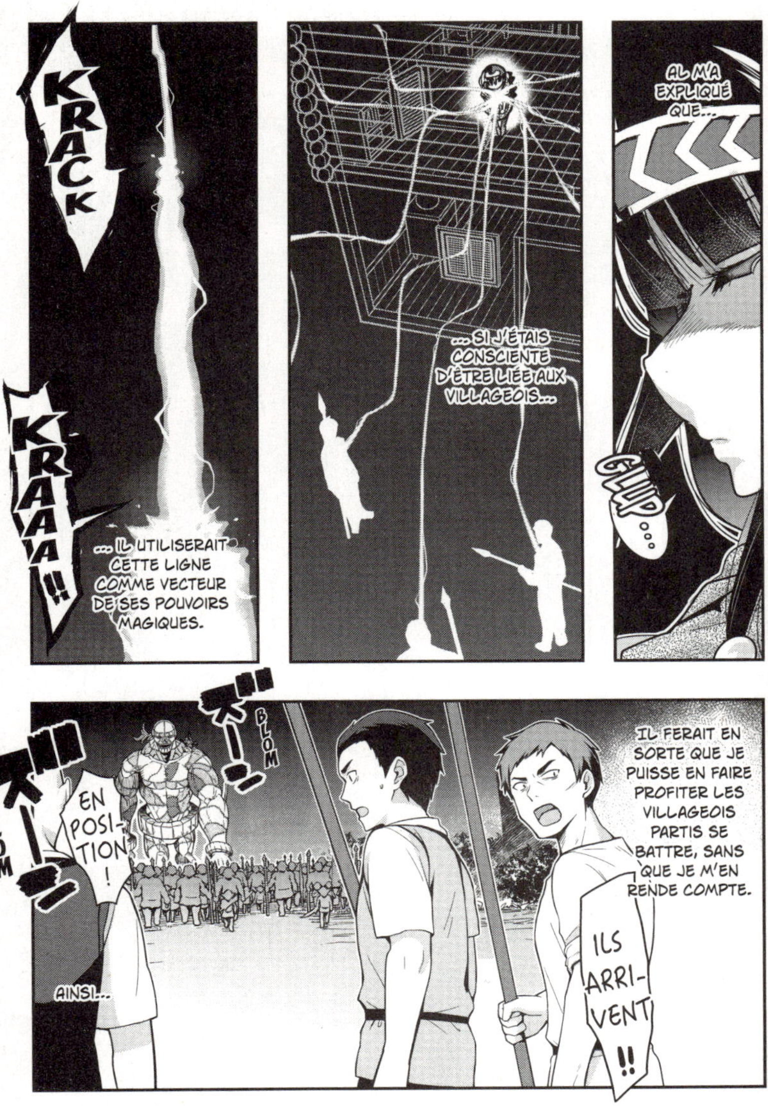
AL M'A EXPLIQUÉ QUE...
GLUP...
... SI J'ÉTAIS CONSCIENTE D'ÊTRE LIÉE AUX VILLAGEOIS...
KRACK
KRAAAA!!
... IL UTILISERAIT CETTE LIGNE COMME VECTEUR DE SES POUVOIRS MAGIQUES.
IL FERAIT EN SORTE QUE JE PUISSE EN FAIRE PROFITER LES VILLAGEOIS PARTIS SE BATTRE, SANS QUE JE M'EN RENDE COMPTE.
ILS ARRI-VENT !!
BLOM
EN POSI-TION !
BLOM
AINSI...

KRYY
KRYY
KRYY
... NOUS POURRIONS NOUS BATTRE TOUS ENSEMBLE...
PRÉPAREZ-VOUS...
ZAAA
EN GARDE...
ATTENDEZ QU'ILS S'APPROCHENT...
IL Y EN A UN PARTICULIÈREMENT ÉNORME !
BLOM
C'EST UN GÉANT !
BLOM

CETTE CRÉATURE SUR L'ÉPAULE DU FRESH GOLEM...
BLOM
... C'EST CELLE QUI ÉTAIT DANS LE SOUTERRAIN ?
BLOM
BLOM
EN TOUT CAS, ELLE LUI RESSEMBLE.
FFFLL
IL NE FAUT PAS QU'IL S'EN SORTE, À MOI DE JOUER !
FFFLL
TIREZ !
FFFLL

BAM
KYYA!
KYYA
BAM
KYYA
BAM
BAM
HUM...
DES FLÈCHES MANIPULÉES PAR LA MAGIE ?
DEUXIÈME LIGNE, EN GARDE !
ZAAA

ILS CONTRÔLENT...
... LA MAGIE IMPULSIVE ?
NON... QUELQU'UN D'EXTÉRIEUR AU VILLAGE DOIT LES AIDER !
DYK
QUELQU'UN D'HABILE...
*IL NE SAIT PAS CE QUI EST ARRIVÉ AUX VILLAGEOIS
ESPRIT DU FEU... DÉCHAÎNE TA COLÈRE !
FRAOUCH
HÉ !
QU'EST-CE QUE TU FABRIQUES ?! SECKEL A ÉTÉ CLAIR !
IL VEUT LES VILLAGEOIS VIVANTS !

DOO
DOO
MIKTRA ?!? QU'EST-CE QUE TU FAIS ICI ?!?
DOO
DOO
MON TRAVAIL ! SAUVER DES VIES EN DANGER !
MÊME SI CE SONT DES DÉFUNTS...
DE TOUTE FAÇON, JE VOUS EMPÊCHERAI DE LEUR FAIRE DU MAL !

JE NE PENSAIS PAS TE REVOIR DE SITÔT, EINHERJAR.
FIUUU
C'EST MAINTENANT QUE ÇA DEVIENT INTÉRESSANT !
À MON SIGNAL, POUR LA DERNIÈRE SALVE !
KYA
PRÊTS
SLENG
FIUUU
JE M'OCCUPE DE LA LANCE...
RAAAH
LA VOILÀ CHARGÉE EN MAGIE...
FIUUU

RENDS-TOI, MISÉRABLE MORTELLE...
« PYROSPIRALE » !!!
DOO
À VOUS...
RAAH
RAAH
RAAH

... VENTS PROTEC-TEURS !
SHLASH
GOOO
BOO

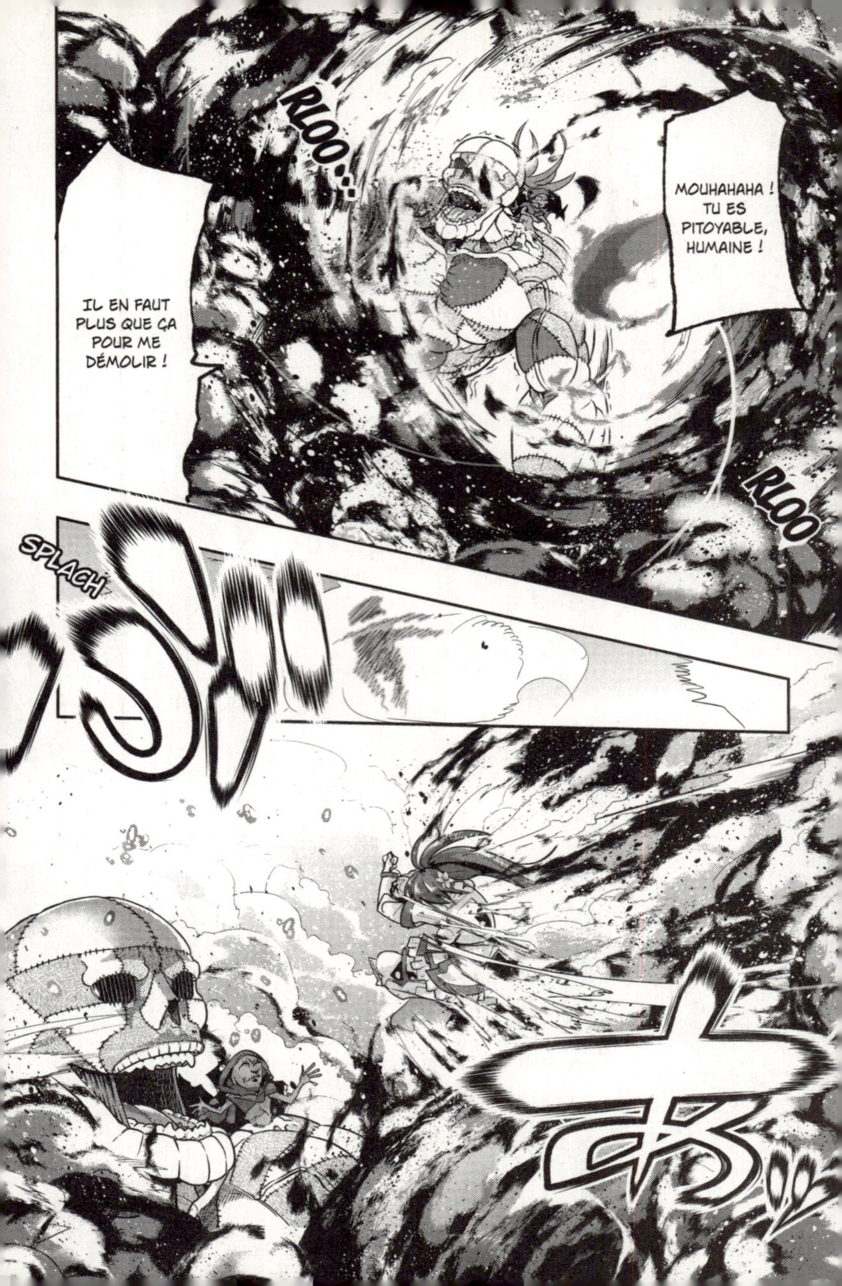
RLOO...
MOUHAHAHA ! TU ES PITOYABLE, HUMAINE !
IL EN FAUT PLUS QUE ÇA POUR ME DÉMOLIR !
RLOO
SPLACH

MAGIE IMPULSIVE DE PROJECTION ET DES BOULES DE FEU ?!?
TU ES UNE FEMME MORTE, MIKTRA COOTE !
SHLING
JE DOIS TROUVER LA BLESSURE QUE LUI A INFLIGÉE AL...
WAAAAH !
TCHAAAK

SHLASH

AL
Le squelette

昔勇者で今は骨

Le squelette qui était un héros.

LES POUVOIRS D'HALBELLE

Même si elle n'a pas suivi d'entraînement et que ses pouvoirs ne sont pas toujours efficaces, ils sortent de l'ordinaire. Ils sont beaucoup plus puissants que ceux qu'avait Al quand il était humain ! Mais son principal pouvoir, c'est la nécromancie. Les autres, elle ne sait pas comment les utiliser. Elle n'aura donc certainement jamais recours à la magie impulsive.

LE PARCOURS DE SECKEL

Il y a 3 ans... Orden le maléfique a été exterminé. Seckel se retrouve seul avec son armée sur la ligne de front et il est vaincu par l'Armée des Cinq Nations. Il y a 2 ans... En fuite, il réussit à rejoindre le fort abandonné près du village d'Ende et à s'y cacher. Il y a 1 an... Il commence à remonter une armée. Il y a 6 mois... Pour gonfler ses troupes avec des goules, il contamine le village d'Ende grâce à la technique de « Diffusion vampirique. »
Actuellement... Il est prêt à envahir le monde mais ses plans sont bouleversés à cause d'un squelette. Il entre dans une colère noire.

LA SITUATION AU VILLAGE D'ENDE

Les créatures maléfiques et les zombies de Seckel vivotent dans la forêt qui entoure le village depuis 6 mois. La situation du village intrigue Seckel : ses habitants sont tributaires d'Halbelle et ne peuvent pas le quitter. Depuis qu'Al est là, Seckel hésite à transférer les villageois ailleurs.

LES VILLAGEOIS D'ENDE

Ce sont des zombies. Ils tirent leur énergie des pouvoirs magiques d'Halbelle. Ils mangent comme tout être vivant, ils sont physiquement et mentalement en bonne santé mais ils n'évoluent pas. C'est pourquoi certains ont choisi de quitter le village et de sortir de la sphère d'influence d'Halbelle pour en finir. Ils aident Halbelle à vivre une deuxième vie (?) en guise de gratitude.

LES COMPÉTENCES DE MIKTRA

Elle a commencé à contrôler la magie impulsive, même si elle ne la contrôle pas encore dans tout son corps. Miktra apprend vite. C'est étonnant d'arriver à son niveau en si peu de temps, seule une personne sur 10 000 y parvient.

ORK GOULE

Il s'agit de l'ork du chapitre 1. Il a été arrêté par l'armée d'Alonda mais a réussi à s'échapper. Seckel l'a changé en goule car il estimait qu'il était responsable de la défaite. Le pauvre. Il a fait une dépression et a tenté de raser le village d'Ende pour apaiser sa colère. Einherjar l'a littéralement jeté en pâture à Al.

LE GOBELIN-GOULE MAGE

Vous vous souvenez du gobelin qui était sur l'épaule de la chimère dans le volume 1 ? C'est lui. Dans ce volume, il est le cerveau du Fresh golem. Il a mal vécu le fait de devenir un mort-vivant et ça l'a rendu encore plus haineux à l'égard des humains. Einherjar fait ce qu'il peut pour lui redonner le sourire mais ce n'est pas évident. Accroche-toi, Einherjar !

Il arrive, il arrive. Le tueur de gobelins. Il arrive, il arrive, l'elfe tueur d'ork. Vous allez mourir, vous allez tous mourir. Vous allez rejoindre Nargard, la déesse des bas-fonds.

Einherjar est en train de rêver. Quelqu'un le prend dans ses bras. Il se balance lentement, il a le sommeil léger.

Dix ans se sont déjà écoulés.

(Un rêve ? Je déteste cette comptine...)

Einherjar ouvre un œil et la première chose qu'il voit, c'est un plafond qui lui est inconnu mais qu'il a l'impression de reconnaître.

(Le fort ?)

Je l'ai vu quand j'étais à la guerre. (Mais je suis mort, maintenant)

Einherjar, le gobelin au bonnet rouge, se souvient de ses derniers moments. Une blessure profonde que lui a laissé Miktra, la femme paladin. Elle lui a été fatale. Einherjar se souvient de son dernier souffle.

« Moi qui pensais reposer enfin en paix... Qu'est-ce qui se passe ? »

« Tu es réveillé ? »

Une voix lointaine accompagnée d'une toux grasse. Einherjar se redresse. Il se sent engourdi.

(La magie ne fait plus d'effet ?)

Les parties de son corps sont extrêmement sensibles. Il a besoin de magie impulsive pour s'activer.

La magie impulsive... La plus efficace des techniques ! Autrefois, il ne la maîtrisait pas mais maintenant, elle coule naturellement en lui.

« Qu'est-ce que ça veut dire ? »

À côté de lui, des cadavres de gobelins alignés.

« Félicitations ! Tu es le premier à reprendre conscience. Même si je t'ai un peu aidé, il faut bien le dire. »

La créature applaudit. Elle est pâle. Elle porte des vêtements d'aristocrate. Elle a les yeux noirs et les pupilles or. Une étrange force l'entoure. Einherjar comprend tout de suite que son interlocuteur n'est pas comme les autres. D'ailleurs, il l'a déjà vu.

« Tu es un vampire ? »

Un seigneur vampire, oui. La créature, en marchant au milieu des cadavres, dit d'une voix mélodieuse :

« Ta race a disparu mais je vais faire de vous des morts-vivants. Tu as merveilleusement passé la première étape. »

Des morts-vivants. Einherjar s'y attendait mais cela le perturbe quand même. Finalement, il va finir comme ce fichu squelette.

« Comment tu... »

Dans ses souvenirs, Einherjar et ses compagnons étaient en poste en territoire humain. Mais ils avaient échoué dans leur mission.

« Attends... Tu appartenais à un groupe qui ne mangeait pas, ne buvait pas, ne parlait pas...

ESSAI COURT

EINHERJAR

Autrefois un héros, aujourd'hui un os

Il a ressuscité et maintenant
C'est un squelette

C'est normal qu'il y ait des victimes, même innocentes... Ça me demande beaucoup d'énergie de faire ça ! »
Le vampire attend des remerciements. Il pointe du doigt les dizaines de corps qui sont devant lui.
« Ce sont les seuls qui avaient encore une âme. Les autres, je les ai recyclés. Reste à savoir, maintenant, combien vont se réveiller sans être fous. »
Le vampire regarde vers la cour intérieure. Einherjar fait de même et voit un énorme bloc de chair qui rampe vers eux.
« Gé... Général ?! C'est vous ?! »
Le gobelin mage qui l'avait engagé se trouve sur l'épaule de la masse de chair.
« C'est la première fois que tu vois un Fresh golem ? Pour être honnête avec toi, les os sont faits de golem de pierre... »
« Qu'est-ce que tu lui as fait ?! »
« Quand la chimère est morte, je ne pouvais pas le laisser seul. Je lui ai donc trouvé un autre porteur. Et puis j'avais besoin d'un cerveau pour le golem. »
Einherjar soupire. Il sent le regard froid et sadique du vampire sur lui et essaie de faire un bilan. Il soupire à nouveau.
« Autrement dit, nous sommes tes pions, c'est ça ? »
« Ce n'est pas si terrible, tu sais. Après tout, vous êtes morts ! Dis-toi que tu bénéficies d'un petit bonus. »
« Un petit bonus ? Et c'est censé me faire plaisir ? »
Le vampire lui répond dans un rire strident.
« Estime-toi heureux ! Une partie des autres soldats ont été mobilisés sous les ordres directs des 10 anges déchus ! »
Einherjar écarquille les yeux. Les 10 anges déchus. Les généraux d'Orden le maléfique.

« Je ne me suis pas présenté... Seckel, chef des troupes des âmes damnées ! Et toi ? Quel est ton nom ? »
Einherjar, haletant, décline son identité.

Un mois plus tard.
Seckel est parti se reposer – la « fabrication » d'Einherjar et ses compagnons l'a exténué – et il a ordonné à Einherjar de veiller sur les troupes parce que c'est ce qu'il sait faire de mieux.
« Alors, gobelin ? Tu veux travailler l'épée ? »
Einherjar baisse son arme et observe son adversaire. Un ork qui, comme lui, est devenu une goule. Il l'appelle par son prénom.
« Clar ! Si tu n'as rien à faire, viens croiser le fer avec moi ! »
Seckel lui a dit qu'il avait recruté cette tribu d'ork pour en faire une garnison de réserve. Par le passé, il l'avait envoyée envahir un village.
(Ils sont combien ? Une centaine ? Il va lui falloir du temps pour se constituer une véritable armée...)
Les ork avaient été repoussés par un paladin. Ils étaient revenus auprès de Seckel en faisant profil bas et celui-ci les avait transformés en morts-vivants pour les punir. Seul Clar était devenu une goule.
« Pff... C'est toi le chef ? Parce que t'as un bonnet rouge ? Je suis pas d'accord ! »
« Évite ce genre de propos en ma présence, tu veux ? Si tu veux te plaindre, va voir Seckel ! »
Clar et Einherjar sont des morts-vivants. Seckel les contrôle.

Ils ne peuvent ni lui mentir ni se dresser contre lui.
Clar fait claquer sa langue et ne dit plus un mot. Son attitude ne met pas Einherjar en rogne. De toute façon, il a toujours été apathique.
(Faut pas me marcher sur les pieds !)
Clar était le chef de sa tribu. Seckel l'avait recruté alors qu'il était en fuite. Il n'avait pas pu lui échapper. Il espérait, en rejoignant son armée, décrocher le poste de général. Mais finalement, lui et toute sa tribu avaient été transformés en morts-vivants. Le moral de Clar en avait pris un coup, même s'il ne laissait rien transparaître.
(Il n'est plus un chef…)
Clar était en train de revenir au fort quand il remarqua Einherjar dans la cour intérieure, en train d'observer le Fresh golem.
Il pensa au gobelin mage. Celui-ci devait être encore plus dévasté que lui : il avait retrouvé sa raison mais maintenant il faisait corps avec une immonde masse de chair. Tout ce qui le motivait à présent, c'était sa haine envers la race humaine et il n'attendait qu'un signal pour entrer en guerre contre elle.
(Le golem, lui, ne réfléchit pas. Il ne peut pas se plaindre)
Le gobelin mage n'avait connu que la guerre. Ils avaient tous eu une vie dramatique.
« Finalement, je suis le seul à pouvoir mener des soldats… »
C'était une évidence. Einherjar était le seul à ne pas avoir perdu la raison en devenant une goule.
La vingtaine de gobelins qui avaient survécu – ou plutôt qui vivaient dans la mort – avait perdu le contrôle d'elle-même. L'âme d'Arin, avec qui il avait combattu quand il était soldat, était montée au ciel et sa chair constituait à présent une partie du Fresh golem.
Il ne serait plus jamais un soldat.

Le squelette qui était un héros.

Il a ressuscité et maintenant c'est un squelette

Einherjar, lui, était un soldat. Ses souvenirs étaient flous mais il savait qu'il avait été orphelin et qu'il n'avait pas d'endroit où aller. Mais en passant plus de 6 mois avec ses nouveaux compagnons, il savait aussi que la motivation reviendrait.
« Nous sommes tous dans la même galère… Un bateau troué et pourri. »
Mais ça valait le coup d'aller au bout, jusqu'à la fin.
La fin. Einherjar sentait qu'elle était proche.
(C'est le « squelette paladin » qui a battu Clar et sa tribu). Le même qui l'a aussi battu. (Quel est son nom ? Al, je crois… Il n'est sûrement pas loin…)
Einherjar n'a pas parlé d'Al à Clar parce qu'il n'est pas sûr qu'il va venir. Mais son instinct lui dit le contraire.
Einherjar se demande pourquoi il est resté dans ce monde. Il ne sait pas s'il doit rester ou partir. Il est là, un point c'est tout.
Qu'il gagne ou qu'il perde. L'important, c'est de passer du bon temps avec ses compagnons.
Il arrive, il arrive. Le squelette tueur de gobelins. Il arrive, il arrive, le squelette tueur d'ork. Vous allez mourir, vous allez tous mourir. La divinité de la mort est un crâne blanc.
Einherjar avance en chantant.
« Mais vous êtes libre de faire ce que vous voulez… »
Il donne une tape au Fresh golem, pof ! Puis il regagne le fort.
(Fin)

Al le squelette – À suivre dans le volume 4

AL
Le squelette

Le squelette qui était un héros.

昔勇者で今は骨

Traduction : Cyril COPPINI
Stylique et Lettrage : Pierre LEONI
Correcteur : Pascal BONNET
Première Édition
Dépôt légal : février 2025 · ISBN : 978-2-487892-03-3
Imprimé en Espagne par Novoprint